Charles Dickens

O Natal do avarento

Tradução e adaptação em português de

Telma Guimarães Castro Andrade

Ilustrações de

Renato Arlem

editora scipione

Gerência editorial
Sâmia Rios
Edição
Ângelo Alexandref Stefanovits
Revisão
Thiago Barbalho
Coordenação de arte
Maria do Céu Pires Passuelo
Programação Visual de capa e miolo
Didier D. C. Dias de Moraes
Diagramação
Marcos Dorado dos Santos

Avenida das Nações Unidas, 7221
Pinheiros
CEP 05425-902 – São Paulo – SP

ATENDIMENTO AO CLIENTE
Tel.: 4003-3061

www.scipione.com.br
e-mail: atendimento@scipione.com.br

2022
ISBN 978-85-262-8388-6 – AL
ISBN 978-85-262-8389-3 – PR
CAE: 263491
Cód. do livro CL: 738025
3.ª EDIÇÃO
10.ª impressão
Impressão e acabamento
Edições Loyola

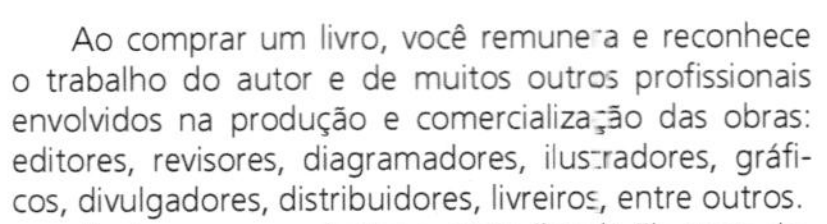

Dados Internacionais de Catalogação na Publicação (CIP)
(Câmara Brasileira do Livro, SP, Brasil)

Andrade, Telma Guimarães Castro, 1564-1616.

O Natal do avarento / Charles Dickens; adaptação em português de Telma Guimarães Castro Andrade. – São Paulo: S cipione, 1997. (Série Reencontro literatura)

1. Literatura infantojuvenil I. Dickens, Charles, 1812-1870 II. Título. III. Série.

00-1817 CDD-028.5

Índices para catálogo sistemático:
1. Literatura infantojuvenil 028.5
2. Literatura juvenil 028.5

Este livro foi composto em ITC Stone Serif e Frutiger
e impresso em papel Offset 75g/m².

SUMÁRIO

QUEM FOI CHARLES DICKENS?

Lembre-se de Charles Dickens (Inglaterra, 1812-1870) sempre que você ligar a TV para assistir a um capítulo de novela: foi a partir do sucesso de seu *The Pickwick papers* (adaptado para a Série Reencontro com o título de *O Sr. Pickwick em flagrantes*) que essa forma seriada de contar histórias tornou-se mundialmente famosa. Isso aconteceu na Inglaterra, durante os anos de 1836 e 1837, quando pela primeira vez uma publicação atingiu a surpreendente tiragem de 40 000 exemplares.

A fórmula descoberta por Dickens transformou-se em modelo não só para outros escritores da época, mas para o próprio autor: seus romances foram todos editados na forma de folhetins, ou seja, em episódios, geralmente mensais. Como acontece com as novelas de televisão, cada capítulo tinha que conter ação, excitação e suspense suficientes para manter os leitores interessados no episódio seguinte. O "nível de audiência", medido pelas vendas, tendia a ditar a futura ação a ser tomada.

Tal popularização da literatura não era apreciada pela crítica, que acusava Dickens de "fabricar entretenimento" e de ser "um homem que recebera pouca educação escrevendo para um público mais escassamente educado que ele".

Na verdade o menino Charles não teve oportunidade de frequentar a escola por muito tempo. Filho mais velho de um escriturário que gastava muito mais do que suas posses o permitiam, aos doze anos foi obrigado a trabalhar numa fábrica de graxa para sapato. Seu pai acabou sendo preso por dívidas e toda a família, sem dinheiro sequer para pagar o aluguel, mudou-se para a prisão; exceto o pequeno Charles, porque ele tinha emprego e alojamento. O sentimento de abandono, a partir de então, nunca mais deixou o escritor, e a figura da criança perdida, perseguida, abandonada, se tornou personagem central de muitas das suas obras, como *David Copperfield* e *Oliver Twist*.

Por natureza e por necessidade financeira, a capacidade de trabalho de Charles Dickens era assombrosa. Empregado de tabelião aos quinze anos, aprendeu estenografia. Um pouco mais tarde já trabalhava como repórter para revistas e jornais. Logo depois, sob o pseudônimo de *Boz*, publicava crônicas em que elementos reais e imaginários, fundidos humoristicamente, tornavam-no um jornalista cada vez mais apreciado. A reunião dessas crônicas deu origem à primeira obra de Dickens publicada em forma de livro: *Esboços de Boz*, em 1836.

Desde então até 1870, ano de sua morte, escreveu dezessete romances, inúmeros contos e poemas, criou e dirigiu jornais e revistas, produziu e escreveu peças teatrais e tornou-se internacionalmente famoso pelas leituras públicas que fazia de suas obras, momentos em que conseguia cativar e comover profundamente a plateia.

O público para quem Dickens escrevia adquirira conscientização política com as consequências negativas da Revolução Industrial: o êxodo rural, que sujeitava o trabalhador a baixos salários e a brutais condições de trabalho nas fábricas; a falta de representantes da classe operária no Parlamento; a profunda depressão econômica causada pela superprodução de mercadorias. Dickens, através dos seus escritos, deu grande publicidade aos abusos que se cometiam contra a população pobre da Inglaterra, por também ter sido vítima daquele sistema social opressivo. O professor vingativo, o patrão tirano, o menor abandonado, as leis injustas, a prisão por dívida, o frio, a fome, a doença faziam parte da vida de personagens e leitores.

Muitos desses elementos estão presentes em *O Natal do avarento* (*A Christmas carol*), o primeiro da série dos chamados "livros de Natal" de Dickens. Publicado em 1843, foi seguido anualmente por inúmeras outras obras tematizando o Natal (com exceção do ano de 1847), até 1867. Vários desses livros alcançaram grande popularidade, mas *O Natal do avarento* supera a todos eles pela singeleza e densidade dramática com que propõe que o espírito de Natal prevaleça durante o ano inteiro.

Em conjunto, essa série constitui uma celebração do Natal que nenhum outro escritor realizou. A figura de Dickens se tornou a própria encarnação do Natal aos olhos de sua época, o que explica a decepção de uma fã quando soube de sua morte: "Dickens morreu? Então o Natal também vai morrer?".

Dickens morreu repentinamente, aos cinquenta e oito anos, e foi enterrado na abadia de Westminster, por designação de sua mais nobre leitora, a rainha Vitória.

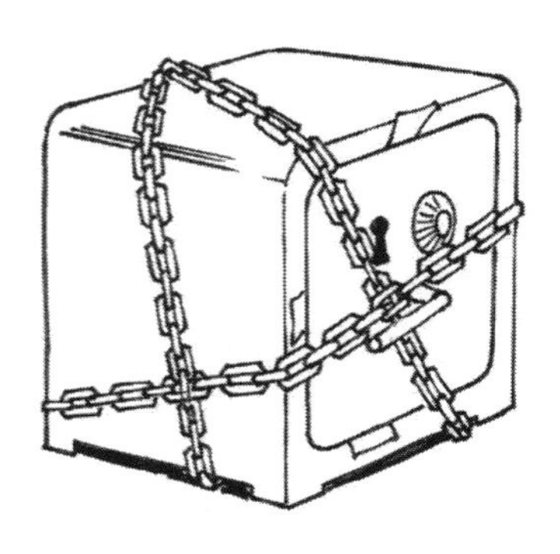

Capítulo I
O sobrinho insistente

A placa com o nome dos proprietários – "Scrooge & Marley" – ficava bem na frente do armazém. Suas letras forjadas em ferro dourado brilhavam quando o estabelecimento foi inaugurado, mas a ação do tempo escurecera-as pouco a pouco, até enegrecê-las totalmente.

Saía ano, entrava ano, e um dos proprietários, o velho e magro Ebenezer Scrooge, continuava no comando do negócio, vestindo o mesmo sobretudo de lã cinza puído nos cotovelos e uma desbotada echarpe xadrez, além de uma velha cartola empoeirada que ele deixava dependurada no cabideiro junto à porta da loja.

Scrooge era um avarento de corpo e alma. Seus olhos sem vida só adquiriam brilho quando ele contava as moedas no cofre, ao fim de um dia de trabalho, como estava fazendo agora. Divertia-se com elas feito criança com um brinquedo novo e cantarolava baixinho, com voz esganiçada: "Isto é música para os meus ouvidos".

Trazia as moedas para perto dos olhos, conferindo o valor de cada uma, e depois pousava-as com carinho na palma da mão. Então, com as mãos em concha, juntava-as sobre o peito, ninando-as como se fossem bebês. "Ah, minhas pequeninas! Como eu amo vocês! São as minhas únicas amigas, o tesouro da minha vida!", derretia-se o velho ganancioso, solitário como uma ostra, coração duro como o aço.

Durante esse ritual, Scrooge espirrou e assoou o nariz com um lenço encardido que trazia no bolso. Nele, as suas iniciais já amareladas pelo tempo... "Droga de frio... Só faz piorar meu resfriado!", resmungou.

Scrooge se enganava. O frio não estava no ambiente externo. O frio morava dentro dele e congelava suas feições, acinzentava a extremidade do seu nariz pontiagudo, contraía e enrugava seu rosto, enrijecia seu andar, avermelhava seus olhos, tornava azuis seus lábios finos, esganiçava sua voz áspera. Tudo nele parecia ter sido talhado em gelo: a cabeça, as sobrancelhas, as costeletas enormes, a boca e o queixo proeminente. Scrooge não podia culpar nem o resfriado nem a baixa temperatura... Ele carregava o frio dentro de si e distribuía punhados de granizo aos que estavam à sua volta. Mantinha o seu escritório congelado, zelando para que a temperatura nunca se elevasse e derretesse o grande gelo de sua alma...

Nada parecia afetá-lo... Ele não melhorava com a chegada da primavera ou do verão. Nem mesmo na época do Natal. Calor algum aquecia aquele coração insensível, vento nenhum era mais cortante que sua voz, nem mesmo a neve era tão fria quanto os seus sentimentos.

Ninguém jamais parou o velho avarento na rua para convidá-lo a sua casa: "Como vai, caro Scrooge? Quando é que você vem me visitar?"; nenhum mendigo ousou implorar por esmola, e as crianças temiam até lhe perguntar as horas. Ao passarem por ele, as pessoas sentiam um arrepio pelo corpo, mesmo se fosse verão.

As jovens se desviavam dele e apressavam o passo, ainda que não conhecessem o caminho. "Prefiro ficar perdida nesse bairro a pedir informações a esse velho ruim!"

Até os cães que serviam de guia aos cegos pareciam temer o avarento e, abanando a cauda, tratavam de arrastar seus donos para dentro de casa. Era como se dissessem: "Patrãozinho, é preferível não enxergar nada a ver um espírito do mal".

Ah, mas Scrooge nem ligava! Ele até achava ótimo que as pessoas o evitassem, assim ninguém lhe pediria favores ou dinheiro emprestado.

"Ele é louco!", exclamavam todos à sua passagem.

***

Naquele dia, Scrooge chegou cedinho ao escritório, como sempre. Estava muito frio, por isso resolveu permanecer com o único par de luvas de lã que possuía. Geralmente costumava guardá-las na gaveta da escrivaninha, para que não se deteriorassem com o uso. Elas estavam durando bastante. Era preciso poupá-las, para que durassem ainda mais...

O ambiente empoeirado causou-lhe um espirro, e ele procurou seu outro lenço. "Onde o guardei? Talvez na gaveta da escrivaninha", pensou. Tirou um molho de chaves do bolso da calça e abriu as gavetas da grande escrivaninha de mogno. Nada. Talvez no cofre. Olhou em

volta, fechou a porta da frente a chave e a da sala dos fundos também. Abriu o cofre. Ah, lá estava o outro lenço, junto ao saco de moedas. Provavelmente o esquecera no dia anterior, ao contar o dinheiro recebido. Enquanto assoava o nariz, conferiu as moedas novamente. Mal contendo um sorriso de satisfação, tocava-as como se fossem joias preciosas: "Minhas belezas! Brilham mais que o sol!"

Precisava evitar esses pequenos esquecimentos. "Um lenço no cofre! Bem, antes no cofre do que sobre a mesa. Pelo menos no cofre ninguém poderia roubá-lo. Maldito resfriado!", praguejou entre um espirro e outro.

Ebenezer Scrooge fechou o cofre e guardou a chave, só que desta vez no bolso do colete. Não costumava guardar as chaves sempre no mesmo lugar. Olhou em volta. Era impressão ou alguém o espiara pela janela? Afastou um pouco a cortina e olhou para a rua. Nada, a não ser a neve e algumas crianças correndo feito bobas. Fechou a cortina com cuidado. Ela estava ali desde a inauguração do armazém, muitos anos atrás. Tinha durado muitos anos. Era preciso manuseá-la com cuidado, para que durasse mais ainda.

Por alguns segundos pensou em acender o lampião, mas logo decidiu-se pelas velas. Eram muito mais econômicas. Pensando bem, até que poderia continuar a leitura dos seus livros-caixas sem vela alguma. A luz do dia era de graça. Porém nessa época do ano escurecia muito cedo, a droga de inverno fazia tudo ficar mais caro... Mas para que serviam os óculos? Conferiu as horas no relógio de bolso. Ainda tinha tempo de sobra. Daí a meia hora acenderia algumas velas. Talvez uma bastasse. Poderia apertar bem os olhos e pronto.

Observou seu funcionário pelo vidro da porta do fundo. Ah, lá estava Bob Cratchit, com o mesmo ar de coitado, de morto de fome, de morto de frio, de morto de tudo, revirando o carvão da estufa. "Para que revirar o carvão?", pensou. "Ele está mesmo no fim e não vou dar nem mais uma pedrinha para esse pobre infeliz, que vive sorrindo não sei de quê!"

Scrooge se irritou mais ainda ao ouvir o cântico natalino de algumas crianças que brincavam na frente do armazém. O velho avarento pegou a bengala e abriu a porta depressa, saindo até a rua. Precisava espantar aquele grupo de futuros ladrõezinhos, pequenos vândalos que mais dia, menos dia poderiam assaltar seu precioso armazém. Alguns gritos e a bengala para o alto foram suficientes para afugentá-los. Ainda tossindo e espirrando muito, Scrooge caminhou de volta ao armazém. Não pôde evitar um olhar para a tabuleta ao alto. Ela estivera sempre ali. "Scrooge & Marley" – seu nome e o de Marley, lado a lado. Seu sócio Marley, morto sete anos antes.

Morto, velado, sepultado. Ele mesmo tinha assinado como testemunha. Uma assinatura era algo simples, não lhe custara nem uma só moeda. Apenas tempo.

Além de seu único sócio, Scrooge era também o testamenteiro de Marley. Dispensara o período de luto após o enterro. Achava tudo uma bobagem, absoluta perda de tempo. Em vez de guardar luto, manteve a loja aberta e ficou trabalhando no escritório até pôr em ordem toda a papelada do falecido.

Mal entrou no armazém, tornou a espirrar. Estava começando a nevar e com isso seu resfriado piorava. Scrooge apressou o passo para postar-se junto à estufa. Observou novamente o funcionário. Desta vez resolveu abrir a porta que os separava, assim poderia vigiá-lo melhor. Quando ia se sentar à escrivaninha, a porta da frente se abriu e um rapaz todo sorridente dirigiu-lhe a palavra:

– Bom dia, tio Scrooge. Tudo bem com o senhor? Passei aqui para lhe desejar um Feliz Natal e...

O rapaz tirou a cartola da cabeça e tentou sacudir a neve que caíra nas suas costas. Tinha o rosto corado e os olhos faiscavam de felicidade. Estava tão feliz que se esqueceu da frieza do tio e até desejou como nos anos anteriores:

– ... Que Deus o abençoe e ilumine seu caminho! – completou, para a agonia de Scrooge, que odiava o Natal. Em seguida abriu a porta que dava para a saleta do funcionário do tio e sorriu para ele: – Que Deus abençoe você também! – O rosto do pobre homem, que estava encolhido de frio, se iluminou.

– Que bobagem! – replicou Scrooge, com um sorriso que se assemelhava a uma careta.

Fred era realmente um sobrinho teimoso. Scrooge não cansava de lhe dizer o que pensava do Natal, mas ele sempre vinha desejar uma porção de coisas absolutamente sem sentido.

– Como, bobagem? – Fred continuava sorrindo, apesar da resposta do tio.

– O Natal é uma bobagem total, não me canso de repetir. Principalmente para vocês, pobres. Veja só... – Scrooge apontou para o sobretudo bem gasto do sobrinho e encarou-o sem sequer esboçar um sorriso. – Você é um pobretão! E o que faz no Natal? Ri feito um bobo. Ri do quê? Da pobreza? Acha que vai ter dias melhores? Tem esperança só por causa do Natal? Ficar desejando feliz Natal aos outros traz algum dinheiro a você? Diminui a sua pobreza?

– Tio, só passei aqui para lhe desejar um feliz Natal... – Fred já estava quase arrependido.

– E você acha que pagar contas... – ele apontou para um bolo de papéis a um canto da escrivaninha – ...

acertar o salário dos funcionários... – apontou para o ajudante na fria saleta dos fundos – ... faz desta bobagem de Natal uma época feliz? Você e gente pobre como você deveriam se sentir muito pior que eu. Vocês têm ainda mais contas a pagar e muito menos dinheiro. – Enquanto falava, Scrooge tentava esquentar as mãos perto da estufa. – Têm ainda de comprar os tais "presentinhos" que não servem para nada a não ser acarretar mais dívidas. E ainda assim você fica com essa cara de bobo, me desejando um feliz Natal. Pura bobagem. Ab... surdo! – Scrooge espirrou mais uma vez. Fred aproximou-se dele:

– Está resfriado, tio. Tem se tratado? – O velho estava cada vez mais ranzinza. Não sabia o porquê, mas mesmo depois de ter sido maltratado pelo tio, Fred acabava voltando no ano seguinte na tentativa de convidá-lo, mais uma vez, a cear com ele e sua família.

– Sinto-me pior nesta época do ano – respondeu Scrooge, tossindo. – Deve ser por causa dessa cantoria pelas ruas. Fico com a cabeça doendo por causa do maldito barulho dos sinos! Árvores enfeitadas, presentinhos ridículos, gente sorrindo... Pobres sorrindo de quê? Pode me explicar o motivo?

– Tio, o Natal é uma festa tão bonita! É tempo de confraternização... Tempo de abrir o coração para o próximo, de reunir a família, tempo de perdão, sabia? – Fred abriu os braços e sorriu para o tio.

– Perdoar a quem? – Scrooge resmungou. – E eu lá tenho que pedir perdão para alguém? Pois por mim você pode confraternizar, abrir o seu coração com toda a família e perdoar o mundo inteiro e mais o que quiser. Vou celebrar o Natal do meu modo! – concluiu, dando um soco na mesa. Mas Fred não se deu por vencido:

– E como vai ser a sua celebração, tio Scrooge? Sozinho em casa? Resfriado, tomando um chá e indo cedo para a cama? O senhor chama a isso de celebração natalina? Ninguém quer ficar sozinho no Natal, tio Scrooge. Todos querem abraçar seus familiares e confortar os menos afortunados, levando-lhes um pouco de carinho e alimento. O Natal nunca colocou comida na minha mesa ou dinheiro no meu bolso, mas enche o meu coração de alegria. E isso não tem preço, tio.

Antes que Scrooge abrisse a boca para mais uma frase ríspida, Fred aproximou-se:

– Continuo desejando que Deus abençoe o senhor neste Natal, tio.

A porta que dava para a saleta dos fundos continuava aberta e, de onde estava, o funcionário de Scrooge sorria de alegria a cada frase que Fred pronunciava. Desta vez ele não se conteve e bateu palmas de satisfação. O avarento virou-se furioso para o rapaz e o ameaçou:

– Faça isso de novo e ponho você no olho da rua, entendeu? Aí quero ver o belo Natal que você vai ter, mais frio e mais pobre do que já é. E você... – dirigiu-se ao sobrinho com um sorriso que mais parecia uma careta. – ... Com todo esse discurso sobre o Natal, deveria tentar a carreira política!

– Tio, para que todo esse mau humor? Só vim aqui para convidá-lo para a ceia de Natal. Que mal há nisso? Por acaso não gosta de mim? – perguntou Fred.

Scrooge apontou o indicador para o sobrinho, com um olhar inquisitivo:

– Posso saber por que se casou?

Fred respondeu sem entender a pergunta do tio:

– Ora, me casei porque amo minha mulher. Que outro motivo teria? Não sei não, mas acho que o senhor está arrumando desculpas para não ir à minha casa. Nunca foi quando eu era solteiro e agora que estou casado...

– Até logo – Scrooge interrompeu o sobrinho.

– Tudo bem, tio. Mas, antes de ir, deixo os meus votos de um feliz Ano-Novo. Quem sabe no ano que vem o senhor possa cear conosco. – Fred colocou a cartola e ajeitou o cachecol em volta do pescoço. O frio que fazia lá fora com certeza não era tão intenso quanto as palavras do tio. O coração de Scrooge tornava-se mais gelado a cada ano.

– Feliz Ano-Novo! – Fred desejou ao funcionário.

– Para o senhor também! – o homem retribuiu, morrendo de medo do patrão.

– Vamos! Ande! – Scrooge empurrou o sobrinho para fora. Ao relento, debaixo dos flocos de neve que caíam mansamente, Fred acenou para Scrooge, que tratou de fechar a cortininha da porta.

– Vocês dois... – Scrooge olhou com desdém para o funcionário – ... são uns pobretões que ficam sorrindo feito bobos na época do Natal. Quando é que vão parar com essa bobagem?

Nesse instante ouviu baterem à porta.

Capítulo II

O espírito de Natal

"Quem será a essa hora? Se for um pobre pedindo comida, vai ver só!", pensou Scrooge.

Nem bem abriu a porta e dois senhores elegantes entraram, carregando grossas pastas de couro. Uma leve fragrância de colônia espalhou-se pelo ambiente. Um deles olhou para Scrooge e conferiu o papel que trazia na mão:

– Sr. Marley ou Sr. Scrooge? – indagou por cima dos óculos.

– Scrooge. Meu sócio Marley morreu há sete anos, neste mesmo dia – respondeu secamente.

O outro homem apresentou seu cartão de visitas, que tirara do bolsinho do colete, e interveio na conversa:

– Tenho certeza de que o Sr. Scrooge é tão generoso como deve ter sido o falecido Marley.

Scrooge devolveu o cartão de visitas ao homem. Não estava nem um pouco interessado em saber quem eram aqueles dois arrumadinhos.

– Gostaríamos de contar com a sua preciosa ajuda – disse o primeiro, tirando uma caneta do bolso. – Fazemos um trabalho voluntário nesta época do ano e costumamos pedir contribuições. Já ouviu falar no nosso grupo? Gostaria de juntar-se a nós?

– É nesta época de muito frio que as pessoas mais precisam de ajuda: são muitos os desempregados, os famintos, os que não têm casa para morar e nem mesmo o que vestir. Esperamos amenizar o sofrimento de muitos deles com as doações dos mais favorecidos – o segundo continuou a explicação.

– Onde foram parar os asilos e os orfanatos? Fecharam ou só servem para enfeite? – retrucou Scrooge, elevando a voz.

– Esses lugares são horríveis, Sr. Scrooge – falaram os dois ao mesmo tempo.

– O senhor vai contribuir? – O primeiro perguntou, enquanto tirava um dos livros da pasta. – Se preferir, pode ficar no anonimato. Não vamos divulgar a doação, tenha certeza disso.

– Doar? – Scrooge perdeu a paciência. – Eu não vou doar nada! Enquanto esses vagabundos ficam mendigando por aí, eu estou trabalhando, entenderam? Eles que trabalhem, isso sim! Por que não arrumam emprego? Vai ver consideram o salário baixo demais. Preferem pedir, esmolar. É muito mais fácil, não é verdade? E o tal espírito natalino está aí para isso, amolecendo o coração dos bobos endinheirados. Façam vocês as doações.

Um deles não se conformou com a resposta negativa:

– O senhor não acha que nós temos um dever para com os pobres?

– Ora, façam-me o favor! – Scrooge perdeu a paciência. – Se esses pobres morrerem, não me importa de que jeito, vão fazer um grande favor ao mundo, que já está povoado demais! Até nunca mais, senhores, porque eu sou um homem que trabalha e para que não seja eu o próximo pobre esfomeado, tenho que trabalhar, entenderam? Trabalhar! – O velho avarento abriu a porta para os dois homens, gesticulando para que se retirassem.

Scrooge sentiu-se bem melhor após a saída dos cavalheiros: "Que alívio!" Olhou para seu funcionário, que, tremendo de frio, tentava acender o último pedacinho de carvão na estufa.

– Você pensa que está num confortável hotel? Engana-se, meu rapaz. Volte ao trabalho, em vez de ficar perdendo tempo com esse foguinho de nada – Scrooge ordenou.

Lá fora, o barulho das carruagens era intenso. Pouco a pouco os lampiões se acendiam e a cidade foi se enchendo de uma atmosfera diferente: a atmosfera mágica do Natal.

Alguns estabelecimentos comerciais próximos ao armazém de Scrooge haviam enfeitado suas portas e janelas com ramos de azevinho, pinhas e laços; outros colocaram sinos e tabuletas nas portas, desejando aos seus clientes "Feliz Natal e Próspero Ano-Novo".

A neve caía pesadamente, e na escuridão, interrompida por um ou outro lampião, ecoavam suavemente os cânticos entoados por um coro de meninos de uma igreja próxima.

Um gostoso cheiro de pudim de pão, misturado ao aroma do bolo de frutas natalino, parecia convidar os passantes apressados a uma rápida parada numa confeitaria. O confeiteiro e sua esposa tiravam várias assadeiras do grande forno de barro, observados lá de fora por uma garota magrinha tremendo de frio. A esposa, com pena da garota, chamou-a para dentro da loja e serviu-lhe um prato de sopa e um grande pedaço de bolo de frutas. O espírito natalino era assim: as pessoas não tinham muito o que dar, mas repartiam o pouco que tinham, amenizando o sofrimento dos desfavorecidos.

Não muito longe dali, o prefeito zelava pela ceia de seus empregados. Comprara mais lenha para as lareiras, presentes para todos os funcionários e comida, sim, muita comida!

A magia do Natal aflorava em todas as almas. Bem, em quase todas... Scrooge já estava quase fechando o armazém quando ouviu uma lamúria à sua porta. "Quem é que está chorando feito bobo?", irritou-se. Afastou a cortina, olhando pelo vidro. Um menino malvestido cantava, na esperança de que o proprietário abrisse a porta e lhe desse abrigo e comida:

– Que Deus o abençoe neste Natal, senhor, e que nada lhe cause pavor...

Irado com a impertinência do moleque atrevido, Scrooge pegou sua bengala e, abrindo a porta, apontou-a para ele:

– Fora! Suma daqui, você e sua canção de... Atchim!... Natal! – gritou, afugentando o garoto.

– Pronto! Livrei-me dele! – exclamou o velho avarento, enquanto consultava o relógio. Como não se sentisse bem para trabalhar até tarde, resolveu fechar o armazém. Iria até a estalagem, como todas as noites, leria os jornais e comeria algo leve. "Um bom caldo quente", pensou. Só então iria para casa e antes de dormir talvez até tomasse um chá e fizesse um escalda-pés.

O funcionário de Scrooge também se levantou da cadeira. Toda vez que o patrão pegava a cartola era sinal de que o expediente estava encerrado.

– Amanhã você não vem trabalhar? – Scrooge quase matou o moço de susto com sua voz gelada e cortante, como a neve que caía.

– Não... Acho que não, senhor – o funcionário respondeu.

– Quem não trabalha não ganha... Conhece esse ditado? – Scrooge perguntou enquanto vestia o casaco.

– Não... Quer dizer, sim, senhor... Mas... Mas amanhã é Natal, Sr. Scrooge! – O pobre moço nem sabia o que dizer, pois temia que o patrão descontasse um dia de serviço. Já recebia tão pouco...

– Bela desculpa para faltar ao trabalho! – Scrooge colocou a cartola, enrolou a echarpe em volta do pescoço e levantou a gola do casaco o mais alto que pôde.

– É só uma vez por ano, senhor... – O pobre moço tinha os lábios arroxeados de tanto frio.

Scrooge nem se incomodou com o aspecto cansado do rapaz e muito menos com o casaco fino que pouco o protegia contra o frio. Apagou o único lampião aceso da sala e fulminou:

– Saiba que estarei atento ao horário de sua chegada depois de amanhã. Nada de atrasos, está entendendo?

Em poucos segundos o rapaz alcançou o outro lado da rua, enquanto Scrooge passava o cadeado na porta de entrada do armazém. Com o canto do olho viu que ele descia a ladeira... dançando.

"Por que será que o miserável age dessa maneira? O que o faz ficar tão contente?" Colocou a chave no bolso do paletó e pôs-se a caminho da estalagem.

Capítulo III

Estranho reencontro

Na estalagem, entre um resmungo e outro, pediu o mesmo caldo de sempre, reclamou do preço absurdo e leu os jornais. Uma hora depois levantou-se, deixou o dinheiro sobre a mesa e, sem dizer ao menos "obrigado" ou "feliz Natal", foi embora, batendo a porta no nariz dos proprietários.

Scrooge apressou-se em chegar logo à sua casa, que um dia também tinha sido do finado Marley. O sobrado escuro ficava no final de uma rua, sem nenhum vizinho. Ebenezer Scrooge alugara quase todos os cômodos para escritórios. Deixara para si apenas um quarto com lareira, uma saleta ao lado, cozinha e banheiro. Durante o dia, enquanto trabalhava no armazém, o sobrado ficava cheio de gente, que fazia um barulho insuportável. Para sua sorte os escritórios fechavam ao cair da tarde, os lampiões se apagavam e tudo voltava ao silêncio. Era assim que o velho proprietário gostava.

À noite o lugar era fantasmagórico. As árvores, enormes, projetavam sombras ameaçadoras nas paredes do sobrado, cuja porta de entrada possuía uma tranca de ferro no formato de uma cabeça de leão. As cortinas das janelas dançavam um balé macabro, embaladas pela tétrica sinfonia do vento.

Desta vez, ao chegar à frente da porta, sentiu um forte arrepio percorrendo-lhe a espinha. A cabeça de leão não estava mais ali! O que ele via no lugar dela era o rosto do falecido Marley. O que era aquilo? Uma miragem? Um pesadelo?

Uma luz tênue brilhava em volta do rosto do morto. Seus olhos pareciam querer saltar das órbitas e seu cabelo desgrenhado esvoaçava para todos os lados. Scrooge tirou os óculos e esfregou os olhos. Olhou para a porta novamente e respirou aliviado. Pronto. Nada além de uma tranca de ferro no formato de uma cabeça de leão. Tinha tido uma visão, apenas isso.

Mais que depressa enfiou a chave na fechadura, abriu a porta e tratou de fechá-la, correndo. O barulho das dobradiças coincidiu com o badalar dos sinos da igreja e isso assustou Scrooge. Tateou um pequeno móvel perto da porta, onde costumava deixar as velas e os castiçais. "Ah, estão aqui!", suspirou aliviado ao apalpar os fósforos e um toco de vela. Colocou a vela no castiçal de louça e o levou para junto da porta. Tudo normal. Nenhum barulho lá fora, a não ser o vento sacudindo as árvores. Abriu a porta e verificou a tranca. Lá estava a cabeça de leão, como sempre. Voltou para dentro do sobrado, tranquilizado. "Que tolo que eu sou! É uma simples tranca, nada além disso."

O vento era tão forte que a porta bateu violentamente, provocando um terrível eco por toda a casa. Scrooge trancou a porta novamente. Protegendo a pequena chama com a mão direita, dirigiu-se para a enorme escadaria. Assim que alcançou o terceiro degrau, sentiu as pernas amolecerem. O que era aquela terrível sombra na parede da escada? Parecia um... um carro fúnebre!

"Estou ficando maluco! É apenas a sombra do corrimão projetada na parede...", argumentou, enquanto protegia melhor a pequena chama.

Nunca teve medo do escuro. A escuridão era de graça, e ele adorava economizar. Inspecionou os aposentos. Sim, estava tudo em ordem. Mais tranquilo, caminhou até o quarto. Colocou o castiçal sobre o criado-mudo, tirou a roupa e vestiu a camisola de dormir, a touca, os chinelos e o robe. Em seguida foi até a cozinha para pegar o mingau de aveia, previamente preparado. Levou o caldeirão até a lareira do seu quarto e colocou-o sobre o carvão que ainda ardia.

"Bela maneira de economizar, Scrooge... Aquecer o quarto e esquentar o mingau ao mesmo tempo!", pensou, enquanto se sentava na velha cadeira de balanço em frente à lareira. Tranquilizou-se admirando as pinturas bíblicas dos azulejos da lareira, que retratavam Caim e Abel, Moisés, Noé e sua arca, Jesus e os discípulos.

De repente sobressaltou-se. O que o rosto de Marley estava fazendo nos azulejos da lareira? Levantou-se para tomar uma colher de xarope. "Devo estar com febre!" O que vira só podia ser fruto de sua imaginação misturado ao mal-estar da gripe. Sempre ouvira falar que febres podiam provocar alucinações.

"Ora, que bobagem... Aí estão as mesmas pinturas dos azulejos!", conferiu aliviado, empunhando o castiçal junto à lareira.

Recostou sua cabeça na cadeira e fitou o velho sino perto da cabeceira da cama. O sino, preso ao teto por um longo fio, era a antiga comunicação de seu quarto com um outro aposento no andar de cima.

"Que sombra estranha ele faz! E agora está emitindo som!", estranhou. Outros sinos começaram a tocar pela casa e em questão de segundos o barulho era tão ensurdecedor que ele precisou tapar os ouvidos.

Scrooge acreditou que seu pesadelo chegara ao fim quando os sinos cessaram de tocar, mas enganava-se. Um chacoalhar de correntes, vindo de algum lugar do sótão, gelou-lhe a alma. O barulho aumentava a cada segundo e Scrooge teve então a certeza de que "aquilo" acabaria entrando no seu quarto.

"Fantasmas não existem a não ser em livros de histórias!", repetia para si mesmo, até que um clarão atravessou a porta e parou à sua frente.

Scrooge agarrou-se com força à cadeira. Estava estarrecido diante do fantasma de Marley. Sim, porque agora não havia dúvida alguma. Era Marley, com sua camisa branca, colarinho, colete, casaca, calças e botas, cabelo desalinhado, óculos no meio da testa. Ainda mantinha o mesmo lenço com o qual tinha sido enterrado: ele unia a cabeça ao queixo, para que a mandíbula não ficasse dependurada. Correntes pesadas envolviam seu corpo, tolhendo suas mãos e suas pernas. Embaixo, nas extremidades das correntes, prendiam-se livros-caixas, cofres, pastas entupidas de papéis, cadeados e chaves de vários tamanhos, escrituras, ações, moedas e cédulas.

– Você está com medo, Ebenezer? Não se espante!

Eu mesmo construí essas correntes, elo por elo – trovejou o fantasma, apontando as correntes para Scrooge.

– Não... não... es-tou enten-dendo – gaguejou Scrooge.

– Fui acorrentado ao meu próprio trabalho, está vendo? Não aproveitei a vida, não ajudei ninguém. Só pensava em trabalhar, fazer contas e guardar dinheiro. O que fiz de bom, Ebenezer Scrooge?

Pálido, Scrooge desviava o olhar porque não queria encarar o fantasma do finado sócio.

– Olhe para mim! – Marley gritou. – Estou aprisionado ao meu passado mesquinho. Tenho remorso das coisas que podia ter feito, mas de nada vale esse arrependimento tardio. Eu vivia preso aos negócios. Devia ter realizado negócios com a humanidade. – Sua voz estava embargada. – Nunca fui caridoso, não me incomodei com o perdão, não fui paciente ou benevolente. – Mostrou as mãos acorrentadas. – Estas mãos nunca deram dinheiro aos pobres nem fizeram carinho em ninguém. Meu sofrimento é maior quando o Natal está chegando. – Ele gemeu mais alto, provocando um arrepio na espinha de Scrooge. – Fui cego durante toda a minha vida... Nunca tentei procurar no céu a luz da estrela que conduziu os Reis Magos até a pobre estrebaria onde o menino Jesus nasceu. Aquela luz podia ter me conduzido a alguma casa humilde.

– Não sei... não sei o que dizer... – Scrooge evitava encarar o fantasma de Marley.

– Não tenho saído do seu lado todos esses anos... – ele segredou.

– Como? – Scrooge quis saber, num fio de voz.

– Fico invisível perto de você no escritório, em sua caminhada pelas ruas, ao lado da sua cama... Mas agora não posso falar mais. Meu tempo acabou... Preciso ir.

– Marley olhou assustado em direção à janela. – Nunca se esqueça da nossa conversa, Ebenezer Scrooge, e não me procure, porque não voltarei a ficar visível!

Scrooge levantou os olhos lentamente em direção a Jacob Marley. O fantasma, envolto nas pesadas correntes forjadas em vida, arrastava-se em direção à janela. Como num passe de mágica a janela abriu-se lentamente e a cortina moveu-se para a esquerda, abrindo passagem.

Marley acenou como se pedisse que Scrooge chegasse perto da janela. Scrooge aproximou-se, morto de medo. Lá fora, o fantasma de Jacob Marley juntara-se a outros fantasmas que, sacudindo correntes, gemiam lamuriosos cânticos de arrependimento.

Aos poucos, a verdadeira névoa da madrugada envolveu a rua e Scrooge, por mais que tentasse avistar os espectros ou que aguçasse os ouvidos para escutar-lhes os lamentos, nada mais viu ou ouviu, a não ser as badaladas do sino da igreja.

"Duas horas da madrugada!", constatou ao fechar a janela e puxar bem as cortinas. Não sabia o que pensar. Tudo tinha sido tão... tão inesperado! Aquela conversa estranha com o fantasma de Marley, as visões à janela...

Na cama, ainda tremendo, lembrou-se do enterro de Marley. Não havia dúvida de que ele tinha morrido. O registro de óbito tinha sido assinado pelo ministro da igreja, pelo sacristão, pelo funcionário da funerária e pelo próprio Scrooge.

"Tenho certeza de que ele morreu. Ele estava nesta mesma cama, o corpo magro coberto por uma mortalha. Eu fui o único a velar o defunto... Lembro-me daquela solidão horrível..."

Recordou-se também de um grupo de homens de negócio que encontrara na manhã seguinte, antes do sepultamento. Eles falavam de uma pessoa que tinha morrido na noite anterior. Aproximara-se deles e ouvira parte da conversa.

– Morreu do coração? – o primeiro deles perguntou.

– Ninguém sabe. O que será que ele fez com todo o dinheiro que guardou? – indagou o segundo.

– Para mim, não deixou um centavo. Imagine a tristeza de um enterro sem amigos. Alguém aqui gostaria de ir? Quem sabe tem almoço de graça para todos – um terceiro comentou, rindo.

– E vocês acham que aquele velho miserável fazia alguma refeição que prestasse? – o primeiro continuou.

Scrooge teve quase certeza de que falavam de seu amigo Marley. Virou as costas e seguiu seu caminho. Tinha que tratar do enterro... Mas não ia gastar dinheiro com flores.

"Bogagem... Marley não ligava para esse tipo de coisa", pensou.

Scrooge fechou os olhos. Ia tentar dormir. Andava se alimentando mal e tinha um resfriado crônico.

"Já sei! O resfriado, o caldo na estalagem, o mingau, meio pesado para aquela hora da noite... Essa aparição foi uma ilusão de ótica, um efeito do resfriado somado a uma refeição indigesta!"

Em poucos minutos, dormiu profundamente.

Capítulo IV
Adeus, escola

Scrooge acordou assustado e com frio. Achou melhor ficar na cama enfiado debaixo das cobertas, até que o sono voltasse. Olhou ao redor. Estava tudo tão escuro que não conseguia distinguir a cortina, que era da mesma cor que as paredes. Tateou o criado-mudo à procura do castiçal. Nada. Não se lembrava de onde o deixara. Em cima da lareira, talvez.

O bater de sinos da igreja o deixou alarmado: seis badaladas, sete, então oito, nove, dez, onze e doze.

"Não pode ser! Antes de deitar ouvi o sino tocar duas vezes! Não há lógica alguma!"

Achou melhor conferir. Tateou em torno da cama, à procura do tampo do criado-mudo. Quando o encontrou, apertou o pino de cima do relógio e, ao contar as doze batidas, seu coração quase parou.

"Não posso ter dormido o dia todo e parte da noite... Só pode ter acontecido alguma coisa com o Sol! Está tudo escuro!"

Resolveu levantar-se para verificar o que estava acontecendo. Afastou o cortinado da cama, quase tropeçando numa ponta esvoaçante. Com o coração disparado, foi tateando no escuro até a janela. Passou a manga do roupão no vidro e nada viu, além de neve caindo. Encostou o ouvido na janela, mas tudo era silêncio na rua. Nenhum som de carruagem ou de passos apressados ou dos irritantes cânticos natalinos.

"Se dormi além da conta, perdi um dia de trabalho... E trabalho perdido é sinônimo de dinheiro perdido", lamentou Ebenezer Scrooge. Voltou para a cama, enfiou-se debaixo das cobertas e ficou pensando se tudo não passara de um pesadelo, uma noite maldormida.

De repente, Scrooge viu uma tênue luz sobre sua cama. A luz ficou mais intensa, o cortinado se abriu e Scrooge viu a figura de uma criança. Ou seria de um velho? Se fosse um velho, tinha encolhido e ficara da altura de uma criança. Se fosse uma criança, envelhecera precocemente, porque seus cabelos eram longos e brancos. O estranho é que não tinha nenhuma ruga no rosto. Os braços e as mãos musculosos contrastavam com os delicados pezinhos descalços. Vestia uma túnica branca com um cinto brilhante que ofuscava a vista. Na mão esquerda segurava um ramo de azevinho – o símbolo mais conhecido do Natal – e, na direita, um capuz em forma de cone que decerto servia para tampar, quando preciso, a luz que jorrava do alto de sua cabeça.

Observando mais atentamente, Scrooge notou algo estranho. O brilho daquela estranha figura mudava de lugar: ora estava no cinto, ora na cabeça, ora nos ombros ou nos pés. Talvez isso explicasse as alterações no corpo: num minuto a figura tinha muitos braços, no minuto seguinte, apenas um. O mesmo acontecia com as pernas e a cabeça, que se multiplicavam ou se reduziam aleatoriamente.

– O que... o que acontece se o senhor colocar o capuz na cabeça? – perguntou, entre nervoso e assustado.

A pergunta irritou o estranho visitante.

– Eu tento iluminar a escuridão em que você vive e ainda zomba de mim? Pois saiba que foi você, com sua sovinice, quem teceu cada pedaço deste capuz. É por sua causa que sou obrigado a vesti-lo, ofuscando a luz que sai de mim! – Ele estava enfurecido.

– Perdoe-me... – Scrooge tentou desculpar-se. – Mas não me lembro de ter feito alguma coisa ao senhor! Por que veio até mim?

– Para o seu bem-estar, a sua regeneração. E agora, fique bem atento! – Ele tomou Scrooge pelo braço, indicando o caminho por onde deviam seguir.

Scrooge levantou-se da cama. Ia alertar o fantasma sobre a camisola de dormir e o robe, leves demais para o frio que fazia lá fora, e também sobre o horário, totalmente inadequado para passeios. Imagine se algum guarda os visse perambulando pelas ruas? Iriam para a cadeia! Ao menos ele, que era visível, com certeza. E havia mais uma agravante: estava resfriado, talvez até com febre, delirando, pois via fantasmas em todo canto. Mas não teve tempo para nada. Percebendo que teria que voar com o fantasma, desesperou-se:

– Não, por favor! Vou cair! Tenha piedade de mim!

– Não se preocupe, não vou deixar que isso aconteça – o fantasma garantiu.

Dito isto, ele tocou o coração de Scrooge e os dois atravessaram a parede do quarto.

Surpreendentemente, Ebenezer Scrooge sentiu uma paz imensa no coração e uma tal confiança no fantasma que se deixou guiar pelo céu, sem queixas. Ao se aproximarem de um edifício, o fantasma perguntou-lhe:

– Reconhece a sua escola?

Sim, Scrooge a reconhecia. A sala parecia bem mais escura que antes. Rachaduras cortavam a parede de ponta a ponta. Quando viu um rapazinho sentado na sala de aula, gritou:

– Aquele lá sou eu!

– E aquela garotinha, quem é? – interessou-se o fantasma.

De tão ansioso, o rapazinho nem havia notado que uma menina abrira a porta da sala de aula. Mais nova, tinha o rosto corado por causa do frio que fazia lá fora. Seus cachinhos dourados estavam presos por uma fita de cetim azul, que teimava em cair.

O rapazinho, quando a viu na sala, tratou de levantar-se. A menina correu até ele e os dois se abraçaram.

– Quem é ela? – o fantasma tornou a perguntar.

Scrooge enxugou uma lágrima e respondeu:

– É minha irmã mais nova. Seu nome é Fran. Ela veio me buscar... – Scrooge foi abaixando a voz porque queria ouvir a conversa dos dois.

– Irmãozinho, vou contar para você como foi que aconteceu... – A garota pulava de alegria.

– Conte logo! – O rapaz mal podia esperar.

– Imagine que o papai chegou em casa cantando, assobiando e me pegou pela cintura. Quando eu tive certeza de que ele estava bem bonzinho mesmo, criei coragem e pedi que ele deixasse você voltar para casa.

– Eu não acredito!

– É a mais pura verdade. – Fran beijava o irmão nas bochechas.

– Será que eu só volto para passar o... Natal? – Ele gaguejou.

– Não só para este Natal, mas para todos os outros Natais... Papai prometeu!

"Como eu amava a minha irmã", Scrooge recordou. "E como aquela notícia me deixou feliz!"

– A carruagem está lá fora... – Fran continuou. – E o cocheiro já entregou uma carta do papai ao diretor.

– Você é a melhor irmã do mundo! – O jovem Scrooge abraçou Fran.

Depois de enchê-la de beijos, foi correndo com ela até a sala do diretor. Assim que o homem viu os irmãos na antessala, levantou-se da poltrona e, ainda com o cachimbo no canto da boca, gritou:

– Onde estão os pertences do jovem Scrooge? Rápido! Detesto atrasos – reclamou para um dos empregados, enquanto estendia a mão para o rapazinho. – Que pena que vai nos deixar... Venha nos visitar quando quiser! – Seu sorriso se assemelhava a uma careta.

Scrooge lembrou-se do quanto ficara feliz ao deixar aquele lugar que, além de calafrios, lhe causava solidão e tristeza.

– Venham comigo. Não quero que digam por aí que saíram de estômago vazio... – o diretor convidou, tentando ser engraçado.

Os dois irmãos seguiram o diretor. A cada passo, Fran arregalava os olhos ainda mais.

– Que lugar escuro! – Apertou a mão do irmão. – Como pôde ficar aqui tanto tempo?

– Agora está tudo acabado, Fran. Vamos ficar juntos, em nossa casa. Para sempre, viu? – E seguiram o diretor até o refeitório.

Assim que o homem abriu as portas do salão, um forte cheiro de sopa invadiu o lugar. Scrooge lembrava-se daquele cheiro enjoativo.

– Hum! – Dirigindo-se até um carrinho de chá, o diretor levantou uma toalha de renda. – Este bolo parece apetitoso... – Cortou duas fatias com dificuldade e, colocando-as nos pratinhos, serviu os irmãos.

As crianças acharam que o bolo estava horrível, mas não havia outro jeito a não ser engoli-lo aos poucos. Enquanto ele despejava limonada nos copos, os irmãos cuspiram o bolo num pequeno cesto de lixo atrás do carrinho de chá. Por pouco o diretor não viu a pequena travessura.

– Os pertences do jovem Scrooge já estão na carruagem... – avisou um empregado do estabelecimento.

O diretor franziu as sobrancelhas e, acompanhando os irmãos, dirigiu-se até o portão de entrada do colégio. Ele estendeu a mão para se despedir, fazendo outra careta:

– Seu pai já enviou o pagamento, caro jovem.

– Sim, senhor! Adeus! – E acenaram alegres, já instalados na carruagem, enquanto o diretor caminhava de volta ao colégio.

Scrooge acompanhou com alegria o trajeto da carruagem até o portão de saída, respirando aliviado. O fantasma elogiou a menina:

– Sua irmã é mesmo maravilhosa! Fez de tudo para tê-lo de volta ao lar, não é mesmo?

– É verdade. Se não fosse ela, não sei o que teria sido de mim – Scrooge concordou.

– É impressão minha ou ela tem saúde delicada? Pareceu-me muito franzina – o fantasma observou.

– Você tem razão – Scrooge parecia estar longe.

– Se não me engano ela se casou e teve uma filha, certo? – O fantasma parecia apreensivo.

– Um filho – ele corrigiu.

– Então você tem um sobrinho! Que bom, não?

– É. – Scrooge ficou sem graça. Lembrara-se de que o sobrinho tinha estado no armazém e o convidara para a ceia de Natal.

– Ela morreu logo depois do parto, não foi? Uma pena – lamentou o fantasma.

Scrooge concordou meio alheio ao diálogo, pois continuava lembrando a sua recusa a cear com a família de Fred. "Por que recusei o convite do filho da minha querida irmã?", perguntava-se, arrependido.

O fantasma avisou a Scrooge que tinham de continuar.

Capítulo V

Festa no armazém

Scrooge voltou sua atenção aos novos lugares por onde passavam. Em questão de segundos sobrevoaram outra estrada, viram ovelhas, bois, avistaram um trem, carruagens, até chegarem a uma cidade toda decorada, pronta para celebrar o Natal. As mulheres usavam suas melhores roupas e chapéus enfeitados. As crianças, bem agasalhadas, contribuíam para a atmosfera festiva com seus gritinhos e brincadeiras ruidosas nas ruas cobertas de neve.

– Pare... Pare um pouco! – Scrooge pediu. – Quero ver aquele menino!

– Que menino? Não estou vendo nenhum menino...

– Um menino lá na rua... Parece o mesmo garoto pobre que começou a entoar um cântico de Natal à... à porta do meu armazém e... – ele se emocionou. – Eu estava fechando o armazém.

– E...? – o fantasma ficou curioso.

– E eu o enxotei como a um cachorro sarnento. Não dei nada a ele, entende? – Scrooge estava cheio de remorso. – Como era a música que ele cantava? – tentou se lembrar. – *"Que Deus o abençoe neste Natal, senhor, e que nada lhe cause pavor."* – Ele estremeceu ao repetir o verso... Havia algo de profético naquelas palavras!

– Não estou vendo nenhum menino lá embaixo... – repetiu o fantasma.

– É, eu posso ter me enganado...! – Scrooge disse.

Um minuto depois ele já havia se esquecido do garotinho. Os postes tinham sido iluminados há pouco e aquela visão foi reconfortante para seu coração. Encantado, parou em frente à vitrine de uma loja de brinquedos para apreciar uma linda boneca de louça sentada embaixo de uma enorme árvore de Natal. O pinheiro estava enfeitado com pinhas, avelãs, cerejas e biscoitos encimados por laços de cetim vermelho – festa para os olhos e tentação para o estômago.

– Está vendo um armazém logo ali? – o fantasma indagou.

– Como poderia esquecer? Eu trabalhei lá – Scrooge sentiu um nó na garganta.

– Vamos entrar... – o fantasma convidou.

Scrooge obedeceu. Sentia tanta saudade dali!

Entraram. Scrooge olhou para a direita: lá estavam as pesadas prateleiras com a escada ao lado. Perdera as contas de quantas vezes subira a escada para ajudar o patrão. Quando olhou mais ao fundo, avistou um velhinho de peruca sentado num banco altíssimo, atrás de uma escrivaninha. Seus óculos estavam quase caindo da ponta do nariz. O velho interrompeu as contas que fazia, tirou o relógio da casaca e conferiu as horas.

– Não posso acreditar que seja meu patrão, o Sr. Fezziwig! Ele não mudou nada. Veja, está consultando as horas. Tenho certeza de que vai chamar... – Scrooge estava visivelmente emocionado.

– Vamos lá, Dick e Ebenezer! – O Sr. Fezziwig chamou os dois funcionários. – Já é hora de parar, não acham? – Batia palmas e gargalhava.

Scrooge contou para o fantasma que Dick Wilkins tinha sido um bom amigo seu e ficou observando os semblantes dos rapazes que, ao pedido do patrão, tinham largado o trabalho. Os dois tiraram os aventais, guardando-os dentro de um pequeno armário no vestíbulo. Removeram os elásticos que prendiam as mangas das camisas, colocaram suas casacas e foram até a porta do armazém, na qual penduraram uma tabuleta onde se lia "fechado". Trancaram as portas e desceram as cortinas das janelas laterais sob os aplausos do patrão.

– Preciso de muito espaço livre, rapazes! Vamos arrastar os móveis, por favor. – Inspecionou o assoalho marcado pela neve dos sapatos dos clientes e por algumas folhas secas, trazidas pelo vento. – E que tal varrer e secar esse chão?

O jovem Ebenezer foi correndo buscar a vassoura, e Dick se encarregou de pegar o rodo e um pano de chão. Enquanto um recolhia as pequenas folhas secas, o outro secava o assoalho dos respingos do inverno rigoroso.

– Vai ser um belo baile! – O patrão sorria, feliz.

Depois da faxina, os jovens colocaram mais velas para iluminar o salão. O Sr. Fezziwig lhes entregara vários castiçais de prata e mais lenha para a lareira. Não havia mais nada ali que lembrasse trabalho.

Alguém bateu à porta lateral e o Sr. Fezziwig foi atender.

– Entre, meu caro rapaz. Feliz Natal! – Recebeu com um caloroso abraço o violinista que contratara para animar o baile. O violinista trazia as partituras consigo e quase as derrubou em virtude dos "tapinhas" nas costas típicos do velho lojista.

Scrooge mal pôde conter o riso. O patrão sempre fora muito animado em suas saudações!

O violinista tirou o chapéu e o cachecol, pendurando-os no cabideiro do vestíbulo. O Sr. Fezziwig indicou a sua própria escrivaninha para que o músico acomodasse as partituras e afinasse o instrumento. O rapaz afinou rapidamente o violino e, logo em seguida, pôs-se a tocar furiosamente, como se quisesse arrebentar todas as cordas do pequeno instrumento.

A robusta Sra. Fezziwig trouxe um grande jarro de flores para o recém-criado salão de baile. Trajava um vistoso vestido cor-de-rosa com laçarotes nas mangas, que lhe davam uma aparência mais jovial. Pequenos cachos ruivos caíam por baixo da touca bem engomada. Atrás dela, vinham suas três filhas. A primeira, mais parecida com a mãe, tinha discretas sardas no rosto corado e lindos olhos azuis. O vestido de veludo verde valorizava a bela cabeleira ruiva. A segunda, mais alta que a primeira, herdara a cor de olhos da mãe e os cabelos cor de avelã do pai. Trajava uma blusa branca cheia de babadinhos de renda e uma vasta saia vermelha... A cor do Natal. A terceira, caçula das três, tinha os olhos castanho-escuros como os do pai e o cabelo ruivo da mãe, preso numa única trança. O vestido azul-turquesa e o corpete com lacinhos roubavam alguns anos de sua idade.

Aos poucos, os empregados do armazém foram aparecendo também. O Sr. Fezziwig os dispensara mais cedo do trabalho para que eles retornassem às suas casas com tempo para o banho e a troca de roupa. A Sra. Fezziwig fizera o mesmo com a camareira, a cozinheira e a arrumadeira. No dia de Natal todos participavam da festa em igualdade de condições; ninguém era empregado de ninguém.

A campainha não parava de tocar. As filhas do casal abriram a porta para o padeiro, primo da camareira, para seis de seus jovens admiradores, para o leiteiro, para um garoto de doze anos que trabalhava como jornaleiro nas proximidades, para a florista, para o verdureiro e sua esposa, para a costureira com seu marido e filhos e para muitos outros convidados.

As mulheres trajavam seus melhores vestidos e toucas engomadas, as crianças e os jovens exibiam-se em roupas de festa e os homens envergavam cerimoniosas casacas. Não importava se um ou outro bolso escondia um remendo bem feito ou se aquela roupa tinha sido emprestada na véspera. Os mais envergonhados se entrosavam aos poucos, enquanto outros já saíam aos pares, bailando pelo salão ao som do violino.

A Sra. Fezziwig fazia as honras da casa, passando a servir aos próprios empregados. Suas filhas ofereciam às visitas jarros com ponches de frutas, carnes e assados frios, generosas fatias de torta de carne e canecas de cerveja para os homens. Uma toalha vermelha tinha sido colocada na bancada transformada em aparador. Nela, bolos de fruta, pudins coloridos, roscas trançadas recheadas com creme e enfeitadas com frutas secas, biscoitos em formato de bichinhos, garrafas com licores e copinhos ao redor disputavam as preferências das crianças, que não tiravam os olhos dos quitutes.

As danças eram intercaladas com gincanas variadas, risadas, prendas para os vencedores. A tudo o Sr. Fezziwig reagia com palmas e risadas estrondosas.

– Muito bem, muito bem! Que lindo! Vamos, dancem, dancem! – Ele aplaudia.

O fantasma notou que os pés de Scrooge acompanhavam o ritmo da dança, enquanto seus dedos estalavam. Seu rosto não era o mesmo. Parecia tão feliz!

Ebenezer Scrooge lembrava-se perfeitamente daquela noite. Tinha comido e dançado tanto que não sabia qual doía mais, se o estômago cheio ou seus pés.

Ao som de uma ária conhecida, o casal Fezziwig começou a dançar. Eles conduziram a espécie de quadrilha que se formou a seguir com os mais de vinte casais. Comandados não pelo patrão, mas pelo amigo Fezziwig, a quadrilha dançou até as onze horas da noite.

Cansados mas felizes, os visitantes se despediram da família. A cada despedida, o desejo de um feliz Natal e os "tapinhas" nas costas do Sr. Fezziwig. Ninguém deixou aquele lugar com o rosto triste ou o coração apertado, muito menos com o estômago vazio e roncando. Apesar dos pés doloridos, estavam todos alegres.

– Feliz Natal, Ebenezer! – O patrão abraçou o empregado, que estava todo sorridente. – Comeu bem? Não lhe faltou nada?

– Obrigado, Sr. Fezziwig. Feliz Natal para o senhor, sua esposa e suas filhas... – agradeceu o jovem Scrooge. – Estava tudo muito gostoso, senhor. Comi até me fartar. – Ele enrubesceu.

O patrão desejou feliz Natal também para Dick, e os dois rapazes, que dormiam num quarto no fundo do armazém, foram direto para suas camas, desmanchando-se em elogios ao patrão.

A família Fezziwig apagou as velas nos castiçais e os lampiões. Tinham muita louça para lavar e ainda precisavam separar os frios e os bolos que seriam levados a um orfanato da cidade.

O salão foi escurecendo e Scrooge percebeu que a luz que irradiava da fronte do fantasma se tornara mais intensa.

– Não acha que aquelas pessoas se contentaram com pouco? Ficaram felizes só por causa de um baile e uns quitutes. Muito barulho por nada – observou o fantasma.

– Como assim? – Scrooge perguntou.

– O homem gasta uma ninharia de sua enorme fortuna para promover uma festinha entre os seus empregados e olha aí o resultado! Todos o elogiaram. Patrão esperto, não acha?

Ebenezer Scrooge não gostou do comentário do fantasma e retrucou:

– Não, não acho. O que ele nos proporcionava não era só uma "festinha". Tínhamos um momento de comunhão, compartilhávamos da mesma sala, dançávamos juntos, nos alegrávamos... O trabalho não era algo pesado que a gente queria esquecer, apagar. Essas pequenas alegrias proporcionadas por ele é que faziam a diferença. Ele repartia o que tinha, compartilhava conosco um momento em família... Uma felicidade sem preço. – Scrooge estava emocionado.

– O que foi agora? – O fantasma estranhou aquele semblante repentinamente entristecido.

– Lembrei-me de alguém... – Scrooge suspirou.

– Alguém importante?

– Meu funcionário. Fiquei com vontade de conversar com ele, só isso.

Num piscar de olhos o fantasma transportou Scrooge para o outro lado da rua. Avisou que seu tempo estava se esgotando e que ele tinha muita pressa.

Capítulo VI

O brilho da cobiça

Scrooge viu-se então bem jovem, numa praça cheia de árvores, sentado num banco. Ao seu lado, mãos entrelaçadas nas suas, uma linda moça.

– Feche os olhos, Belle... – ele pediu, sorrindo.

O jovem enamorado tirou um anel do bolso e o colocou no dedo anular da moça. Ela não resistiu à surpresa e exclamou:

– Ebenezer! Você está me pedindo... em noivado? – Sua voz tremia de emoção.

– Se você me aceitar, serei o homem mais feliz do mundo! – Ele beijou a mão de Belle.

Scrooge notou as roupas simples que ele usava na época. Lembrou-se de que gastara todas as suas economias naquele anel.

– Oh, Ebenezer! – Belle não cabia em si de contentamento. – Seremos sempre felizes... Na pobreza e na...

– Riqueza! – ele completou imediatamente. – Mas isso não me interessa! A única coisa que quero na vida é a nossa felicidade!

Nesse instante o fantasma puxou Scrooge subitamente e conduziu-o para o outro lado da praça.

Scrooge levou um susto. Num outro banco, impaciente, estava Belle, um pouquinho mais velha. Tirava as luvas, torcia as mãos girando o anel de noivado no dedo, tornava a colocar as luvas.

– Até que enfim você chegou, Ebenezer! – Ela se levantou ao avistar o noivo.

– Desculpe o atraso. – Ele mal chegou e já se sentou no banco, sem beijá-la. – Os negócios me prenderam até mais tarde.

– Você se esqueceu do jantar na casa dos meus pais... Como pôde? – Ela estava quase chorando.

– Jantar? – Ele espantou-se.

– Foi ontem. Combinamos há tanto tempo, não lembra? Íamos marcar a data do nosso casamento. Ebenezer, o que está acontecendo com você?

– Não podemos começar a vida sem algumas reservas, Belle. Você terá conforto, eu prometo. – Sua voz não deixava transparecer nenhuma emoção.

– Você não acha que está exagerando? Coloca o dinheiro acima de tudo! E os nossos sonhos? Esqueceu-se deles? – Agora as lágrimas já lhe inundavam os olhos. – Fui à ópera sem você no mês passado... Há uma semana você também cancelou nosso teatro, lembra? Os negócios, sempre eles... – Soluçou, desconsolada.

– Se vai ficar reclamando e choramingando feito uma boba, vou voltar ao trabalho – impacientou-se Scrooge.

– Pois volte, se assim deseja. Case-se com ele! – Belle levantou-se e partiu.

Ebenezer seguiu a noiva, mas manteve-se a distância.

Scrooge pediu ao fantasma que o tirasse dali imediatamente.

– Com prazer, senhor... – O fantasma puxou Scrooge para perto de um lago, no mesmo parque. Árvores e arbustos floridos indicavam a chegada da primavera. – Reconhece aquele homem? – perguntou.

Sim, ele reconhecia. Estava um pouco mais velho, as costeletas mais compridas. No seu rosto notavam-se linhas de preocupação. Seus olhos, agitados, já traziam o brilho da cobiça. Trajava uma casaca preta, cartola, e a toda hora consultava nervosamente o relógio.

Ao avistar uma moça, levantou-se e cumprimentou-a, fazendo um sinal para que se sentasse. A linda moça agradeceu o convite com um leve inclinar de cabeça. Vestido preto, um chapéu com veuzinho preto sobre os olhos, um único broche preso no meio da gola do vestido, ela tinha o rosto banhado em lágrimas.

– Não adianta mais, Ebenezer. É inútil continuarmos. – Belle tirou um lencinho da pequena bolsa de veludo e enxugou os olhos. – Há algo em sua vida muito mais importante do que eu.

– O que você está dizendo? – Ebenezer Scrooge tinha a voz mais áspera.

– O dinheiro. Ele tomou o meu lugar. Você está atrelado a ele, noivo dele, casado com ele!

– E você me condena porque estou tentando melhorar de vida? Não existe coisa pior do que a pobreza. Se tento fugir da pobreza sou condenado... É isso o que suas amigas têm dito de mim? – ele argumentou.

– Desde quando você se importa com a opinião dos

outros, Ebenezer? Você mudou tanto desde que o conheci. Tinha tantas esperanças, sentimentos nobres, era humilde... Vi caírem por terra todos esses predicados. Você não tem tempo para mais nada ou ninguém, só para si mesmo.

– Não vejo problema em mudar, Belle. Se mudei, foi para melhor. Fiquei mais sábio, mais esperto, aprendi coisas que desconhecia. Meus sentimentos em relação a você são os mesmos.

– Não é verdade, Ebenezer. Estamos noivos há tanto tempo! Éramos mais jovens, mais pobres... – Ela chegou a sorrir. – Tínhamos tantos sonhos. Lembra que sonhávamos em construir nossa casa pouco a pouco, quarto por quarto?

– Eu era apenas um jovenzinho inexperiente – ele respondeu secamente.

– Talvez, mas tinha sentimentos, me prometia felicidade, pensávamos como uma só pessoa, tínhamos um só coração, Ebenezer. Você mudou muito nestes anos todos e eu, não. É por isso que eu vou deixá-lo livre...

– Eu não vim aqui para isto.

– Eu sei, mas é como se estivesse pedindo a sua liberdade há muito tempo.

– Belle, alguma vez eu...

A moça o interrompeu, dizendo:

– Não foi com palavras que pediu sua liberdade, Ebenezer, mas com gestos impacientes, palavras duras, falta de carinho. Quantas vezes fiquei esperando por você? Jantares esquecidos, encontros desmarcados... Você tem um outro objetivo na vida e ele não é nada parecido com o que tínhamos antes, nada com o que sonhei para mim. Diga com sinceridade: se eu sair daqui, você não vai procurar por mim e tentar me reconquistar, vai? – Ela o fitou.

– Você é quem está dizendo que não... – Ele não quis dar o braço a torcer.

– Bem que eu gostaria de pensar diferente, Ebenezer. Se você fosse um homem livre, com certeza não escolheria uma pobretona como eu... mas alguém com fortuna, propriedades e outros bens. Se casasse comigo, ficaria arrependido, porque eu não iria acrescentar nada ao seu patrimônio. Eu não lhe daria lucro.

Ebenezer tentou responder, mas a moça continuou:

– Para que não se arrependa mais tarde, devolvo sua liberdade. Talvez um dia você tenha saudade dos nossos momentos, mas daqui a pouco vai achar que foi melhor assim... Que tudo não passou de um sonho sem boas perspectivas materiais e que acordar foi a melhor coisa que lhe aconteceu. – Belle tirou o anel de noivado e, depois de colocá-lo na mão de Scrooge, partiu.

Ebenezer Scrooge pediu ao fantasma que o tirasse de lá. Não queria ver o seu rosto já endurecido pela ambição, sem nenhum sentimento no olhar. Não queria reconhecer-se naquele homem desprezível que deixara partir seu único amor.

– Vamos, tire-me daqui! – ele implorou.

– Não me culpe... O que viu são sombras do seu passado.

Scrooge encarou o fantasma. Seu rosto, iluminado pelo facho de luz que jorrava do alto da cabeça, refletia os vários rostos de Scrooge, desde a infância até aquela data. Apavorado, passou a atacar o fantasma, gritando para que ele o deixasse em paz. O fantasma manteve-se impassível aos golpes do avarento, que, num esforço sobre-humano, puxou o capuz com tanta força que cobriu todo o corpo do fantasma.

Scrooge ficara livre das imagens de seu próprio rosto, mas o facho de luz continuou a emanar por baixo do fantasma, iluminando o chão em torno.

Em sua cabeça martelavam as palavras da música que fora cantarolada pelo menino à porta do armazém... *"Que Deus o abençoe neste Natal, senhor, e que nada lhe cause pavor."*

Mesmo sentindo uma moleza enorme, puxou mais ainda o capuz do fantasma para que aquele último facho se apagasse, mas o sono era tão grande que suas mãos caíram ao longo do corpo.

Não sabia como havia chegado ao quarto, mas, quando viu a cama, jogou-se sobre ela, adormecendo profundamente.

Capítulo VII

Pudim de passas

Scrooge acordou assustado e com frio. "Foi tudo um sonho, que bom!" Afofou os travesseiros e acomodou-se melhor, mas não conseguiu pegar no sono novamente porque uma luz vermelha apareceu no alto da cama. Ela executava um vaivém constante, da cama para a porta e de volta para a cama.

Apavorado, ele se levantou. Precisava fazer alguma coisa, agir! Por que a luz vermelha ia até a porta e voltava para o alto da cama? Aquilo devia ter um significado, mas qual? Decidiu calçar os chinelos. Abrindo a porta, talvez a luz o conduzisse até o quarto ao lado ou a algum outro cômodo da casa. Resolveu experimentar e, quando colocou a mão no trinco para abrir a porta, ouviu uma voz.

– Vamos, o que está esperando? Não quer me conhecer? Ande logo! – A voz vinha do quarto ao lado.

Scrooge criou coragem e seguiu a luz.

"É um sonho, é um sonho...", ele tentava em vão se convencer.

Quando entrou no aposento ao lado, levou um susto. Como é que aquele quarto pudera se transformar numa magnífica sala de jantar com lareira e tudo? Além disso, nas mesas ali dispostas havia iguarias dignas de um palácio: presuntos, perus, gansos guarnecidos com molho de maçã, leitões de casca crocante rodeados por batatas enormes, tortas e mais tortas salgadas e doces, pastelões, frutas secas, castanhas quentinhas de dar água na boca, pudins, pães e roscas trançadas, bolos de frutas enfeitados com cerejas enormes, vários tipos de frutas em calda, geleias, licores e ponches de todos os tipos.

"Tinha me esquecido desses cheiros!" Scrooge perdeu a conta dos anos em que se contentara com uma alimentação modesta, mesmo tendo dinheiro.

– Não quer me conhecer? – alguém perguntou. – Aproxime-se!

Ebenezer Scrooge dirigiu-se para uma poltrona toda dourada mais ao fundo da sala. O homem era um verdadeiro gigante. Trajava uma túnica verde-clara decotada. Nas mãos trazia uma tocha no formato de um chifre, de onde provinha toda a iluminação da sala. No alto da cabeça, emoldurada por uma vasta cabeleira, portava uma coroa de azevinhos. A barba comprida chegava a encostar no cinto de couro, mais parecido com uma bainha. O sorriso era franco e fácil. Scrooge tinha os olhos tão arregalados, que o fantasma perguntou:

– Nunca viu ninguém parecido comigo?

– Na... Não... – Scrooge balbuciou.

– Será que não conheceu nenhum de meus familiares? Tenho mais de mil e oitocentos irmãos. Sou o caçula! – gabou-se. – Mas agora vamos ao que interessa. Toque aqui. – O gigante apontou para a sua túnica.

Logo após ter tocado as vestes do gigante, Scrooge se viu numa rua da cidade em plena manhã de Natal. Nevava tão abundantemente que mal podiam caminhar. Os homens tentavam desobstruir as portas das casas com pás apropriadas.

Lojas e armazéns começavam a abrir suas portas. As quitandas tinham aberto mais cedo. Seus donos esperavam que naquele dia todos fizessem o possível e o impossível para comprar frutas. Caprichosos, enchiam os balaios com laranjas, limões, pinhas, enfeitavam as cestas com frutas maduras.

Por um bom tempo, Scrooge e o fantasma observaram o vaivém de pessoas de todas as idades nas calçadas e o intenso trânsito das carruagens nas ruas. Scrooge não pôde deixar de notar a atitude do fantasma quando duas senhoras apressadas se chocaram sem querer. Ambas carregavam pacotes, e suas compras caíram no chão. Quando elas se encararam com olhares furiosos, o fantasma interpôs-se entre elas rapidamente e apontou a tocha de luz em direção a cada uma delas. No mesmo instante outras pessoas pararam para ajudar, e o que podia se tornar uma desagradável discussão transformou-se numa confraternização de Natal.

– O que há nesta tocha de tão especial? – Scrooge quis saber.

– Um perfume... Um perfume especial para o Natal – respondeu o fantasma.

– Mas este perfume não vai estragar o aroma dos pratos que vão ser servidos na ceia de hoje?

– Claro que não! O perfume combina com todos os aromas, e melhor ainda com a ceia dos mais pobres.

– Pode me dizer por quê?

– Porque são eles os que mais precisam. Seus lares, seus familiares precisam deste perfume, Scrooge... Ele vai trazer um novo sentido às suas vidas – o fantasma finalizou, conduzindo Scrooge para um outro local.

Scrooge agarrou-se firmemente às suas vestes porque o fantasma ia rápido como o vento, mas era com extrema suavidade que parava em algum lugar. Assim que chegaram em frente a uma casa muito pobre, o fantasma apontou o facho em direção à porta.

– Estou perfumando este lar... Ou abençoando, como quiser – ele explicou, sorrindo.

– E de quem é esta casa?

– Vamos conferir? – O fantasma convidou Scrooge a entrar no humilde lar.

"Puxa, ele abençoa até um lar pobre como este!", pensou enquanto entrava na minúscula casa.

Ebenezer Scrooge logo reconheceu Caroline, a esposa de Bob Cratchit. Os cabelos dela estavam presos por uma touca gasta, porém limpa, adornada de fitinhas brancas. No seu velho vestido havia alguns remendos feitos a mão. Scrooge observou que a Sra. Cratchit era bem prestimosa, porque colocara estrategicamente laçarotes sobre os remendos. Trazia na cintura um avental branco, enfeitado com lacinhos vermelhos.

Enquanto Caroline se ocupava do jantar, sua segunda filha, Belinda, arrumava a mesa. Com um ar maroto, Belinda cobriu com guardanapos as lasquinhas dos pratos. No centro da mesa arranjou com maestria um pequeno copo com galhos de azevinhos e um lacinho que arrancara do próprio vestido.

Peter Cratchit, o filho mais velho, trajava sua melhor roupa, numa profusão de cores que mais lembrava um arco-íris.

– Hum, mãe... Está uma delícia! – Peter exclamou ao provar uma das batatas.

A Sra. Cratchit sorriu ao afastar gentilmente o filho de perto da panela. As batatas estavam contadas, assim como tudo o que comiam.

– Mamãe, mamãe... – Uma menina e um menino, os dois filhos menores, entraram correndo na cozinha.

– Sabe o que eu vi? – A garota estava até sem fôlego.

– Eu também vi! Eu também! – O menino pulava.

– O que foi? – A mãe interrompeu seus afazeres para ouvir as crianças.

– O pato que a senhora mandou assar na padaria. – Os dois falavam ao mesmo tempo. – Nós vimos quando o padeiro tirou a toalha que a senhora colocou em cima do tabuleiro e colocou o pato numa bandeja bem grande, dentro do forno.

– Imaginem então depois de pronto, com este molho que estou preparando! – Ela destampou a panela e as crianças lamberam os lábios. Estavam famintas. Os dois quiseram experimentar o molho, mas a mãe, dizendo que ainda não estava no ponto, deu-lhes um biscoito.

"Só um biscoito?" Scrooge sentiu pena ao olhar para os rostinhos das crianças. Eram puro desapontamento.

– O que tem na outra panela? – Os irmãos estavam curiosos.

– Um... pudim! – A mãe levantou a tampa e mostrou o pudim de pão que estava cozinhando.

– Com passas e rum? – Eles se empolgaram.

– Com rum! – Caroline sentia não ter passas para acrescentar ao pudim. De qualquer forma, tinha feito o melhor que pudera: conseguira sobras de pão amanhecido na padaria e acrescentara água ao leite das crianças, sem que nada notassem, durante quatro dias. Só assim tinha conseguido a quantidade de leite necessária para o pudim.

– Onde será que anda seu pai? – Ela suspirou, apreensiva. – E o Tim? Ele não pode ficar por aí tomando todo esse sereno. Faz mal à sua saúde. Oh, meu Deus, estou ficando preocupada! Já está tarde. A Martha também está atrasada... – Ela torceu a ponta do avental, ansiosa.

Alguém bateu à porta. Belinda olhou pela janela e avisou:

– É Martha, mamãe. Não precisava se preocupar, viu? Ela já está aqui. – Belinda abriu a porta para a irmã mais velha.

Os dois irmãos menores correram para abraçar Martha.

Martha se livrou primeiro do xale e das luvas, que estavam bem gastas. Talvez por isso, toda vez que entrava num lugar mais quente, tratava logo de guardá-las na bolsinha. Depois tirou o gracioso chapéu que mantinha seus cabelos presos no alto da cabeça e o pendurou no prego atrás da porta.

Caroline Cratchit abraçou e beijou a filha várias vezes. Não gostava quando Martha se atrasava. Seus patrões, proprietários de um ateliê de modas, pareciam boas pessoas, mas estavam sempre pedindo que ela ficasse além do horário. Para evitar as ruas à noite, tanto Martha como duas de suas amigas dormiam no trabalho três vezes por semana. Para isso, os patrões mantinham um quarto no fundo do ateliê que lhes servia de dormitório.

– Filha, estava tão preocupada! – Caroline sentiu-se aliviada com a chegada da filha. – Como você está bonita! Ande, me conte como foi o seu dia.

Scrooge achou que Martha se tornara uma moça muito bonita. Lembrava-se de tê-la visto junto à mãe, na porta do armazém, há alguns anos. Tinha ficado muito bravo com a presença das duas.

"O que elas vieram fazer aqui?", ralhou com Bob. *"Já não disse que não quero que seu trabalho seja prejudicado com visitas fora de hora? Que isto não se repita, entendeu?"* Lembrava-se da carinha assustada da menina.

Os abundantes cabelos loiros de Martha caíam-lhe sobre os ombros em suaves ondas. Os olhos azul-escuros davam um lindo contraste com a pele clara, que mais parecia de porcelana. Trajava um vestido azul-marinho com uma golinha branca arrematada por um delicado babadinho de renda.

Caroline puxou sua modesta cadeira para mais perto do fogão. Era lá que se sentavam para as longas conversas. Os filhos sentaram-se ao lado da mãe.

– Ficamos até tarde da noite alinhavando algumas peças, mamãe – Martha explicou. – Adiantamos bastante o serviço para que pudéssemos folgar hoje e amanhã. – Ela estava radiante. – E na parte da manhã fizemos uma arrumação daquelas!

– Não víamos a hora de você chegar, querida. Detestaria passar o Natal longe de algum dos meus filhos – disse Caroline, segurando carinhosamente a mão de Martha entre as suas.

O menino menor levantou-se e foi até a janela, de onde avistou o pai. De lá, gritou para Martha, pulando de felicidade:

– Martha, é o papai que vem chegando!

– Vá se esconder! – Os outros irmãos queriam que ela pregasse uma peça no pai.

Martha se escondeu rapidamente atrás da porta do

armário, enquanto a Sra. Cratchit fingiu estar vigiando as batatas. Belinda e os irmãos menores mal continham o riso.

Bob Cratchit abriu a porta com cuidado. Ele não queria que o pequeno Tim, acomodado nos seus ombros, se chocasse contra o batente. Mal entrou, apressou-se a fechar a porta. Lá fora fazia muito frio e ele praticamente congelara a caminho de casa. Como não possuía um sobretudo ou uma capa mais quente, usava um longo cachecol de lã tricotado pela esposa, com as sobras de lã que Martha conseguira no ateliê. Sua roupa estava puída e Caroline já não dava mais conta de refazer os remendos. Seus pés quase congelavam de frio e as duas meias de lã que calçava já não eram mais suficientes para tapar os buracos nas solas dos sapatos. Apesar disso, Robert Cratchit tinha uma aparência impecável, com o rosto bem barbeado e o cabelo penteado. Suas roupas, embora muito gastas, estavam sempre escovadas e passadas.

O pequeno e magrinho Tim sofria de paralisia. Tinha as pernas atadas às armações de ferro e andava apoiado em duas toscas muletas de madeira. Como Bob ganhava muito pouco e não tinha dinheiro suficiente para comprar muletas apropriadas, dispôs-se a fazê-las ele mesmo, aproveitando dois galhos grossos que a chuva providencialmente derrubara de uma árvore próxima.

– Pronto, chegamos. – Imitando um cavalo ao apear, Bob colocou Tim no chão.

A família toda correu para abraçá-los.

Scrooge contorceu as mãos num gesto nervoso. Lembrou-se de que, certa vez, Bob começou a contar-lhe os problemas de saúde do filho, e ele o repreendera asperamente:

"Problemas ficam em casa, Sr. Cratchit. Volte ao trabalho!"

Suas lembranças foram interrompidas por Bob, que perguntava esperançoso:

– Onde está Martha?

– Mandou avisar que não poderá vir. – Caroline tentou manter-se séria.

– Não é possível! Não é possível que ela não venha no Natal! – Bob ficou visivelmente desapontado.

Martha, com pena do pai, resolveu sair do esconderijo.

– Querendo me pregar uma peça, hein? – O pai beijou-a várias vezes.

– O senhor ficou tão pálido que temi que tivesse um mal-estar! – Martha o abraçou.

Os irmãos menores de Tim queriam tanto mostrar-lhe o pudim de pão que improvisaram, entre risos, uma cadeirinha de braços para levá-lo até perto do fogão. Temendo que a panela caísse sobre o garotinho, Belinda pegou-o no colo.

Marido e mulher postaram-se perto do fogão, enquanto Martha terminava de pôr a mesa. Caroline divertia-se com a ingenuidade de Bob:

– Você acreditou mesmo que Martha não tivesse vindo?

– Ainda bem que tudo não passou de brincadeira.

– Agora conte-me... Como Tim se comportou na igreja?

– Uma beleza! Você nem vai acreditar, ele diz cada coisa! – Bob emocionou-se.

– O que foi? Conte! – Caroline estava curiosa.

– Ele disse que queria sentar no banco da frente para que todas as pessoas da igreja o vissem. Dessa forma elas lembrariam que um dia Jesus havia curado paralíticos, cegos, aleijados e leprosos. – Bob, quase chorando, repetiu as palavras de Tim: *"Jesus vai me curar e todo mundo vai ficar admirado!"* – Caroline, nosso filho está sendo curado aos poucos, tenho certeza disso. Note bem seu rostinho – ele finalizou.

Sua esposa ficou apreensiva. Será que Bob sofria de algum tipo de cegueira? Será que não via que Tim estava cada dia pior? Não percebia que sua saúde estava mais debilitada e que se não tivessem dinheiro suficiente para um tratamento adequado ele iria morrer em pouco tempo?

Caroline ouviu o barulho das muletas do filho no assoalho. Cada vez que olhava para Tim sentia seu coração apertar e esforçava-se ao máximo para não se desmanchar em lágrimas. Correu ao seu encontro, ajudando-o a se sentar num banquinho em frente ao fogão, junto ao marido e os outros filhos. Ajeitou o gorro do menino e o cachecol em volta do pescoço.

Bob Cratchit tirou a casaca, pendurando-a ao lado do chapéu de Martha. Não queria que nenhum respingo de molho caísse na sua única casaca. Voltou rapidamente para junto do fogão, preparando um conhaque quente para aquecer a esposa e as filhas mais velhas e brindar ao Natal. Para os menores inventara um ponche de laranjas, com um pouquinho de rum e pedacinhos de maçã. Assim eles não poderiam reclamar que não tinham brindado.

Caroline, consultando o relógio, recomendou-lhe:

– Não acha que já está na hora de buscar o pato na padaria? O padeiro disse que o assaria na primeira fornada.

– Hum! Já estou até vendo o pato na minha frente, todo dourado, guarnecido com este molho cheiroso! – Bob destampou a panela para sentir o aroma do molho. Em seguida tirou a tampa de uma outra panelinha e admirou-se: – Nossa, o que mais temos aqui?

– Que marido curioso! – Caroline sorriu. – É uma calda de maçãs, querido. Está quase no ponto.

– Puxa, vamos ter uma bela ceia! – ele exclamou. – Hora de buscar o pato. Quem quer vir comigo?

Os pequenos pularam de seus banquinhos, animados. Tim fizera menção de aceitar o convite, mas a ida à igreja o deixara cansado e ofegante. A mãe decidiu preparar-lhe um chá com torradas e aquecê-lo com um cobertor até que o pai voltasse com a ceia.

Enquanto esperavam pelo pai e os irmãos, puseram-se a entoar cânticos de Natal. Tim escolheu a primeira canção que aprendera na igreja e, numa voz bem afinada, cantou:

"Pinheirinho, que alegria! Trá lá lá lá lá lá lá lá lá
Sinos tocam noite e dia, trá lá lá lá lá lá lá lá
É o Natal que vem chegando, trá lá lá lá lá lá lá lá...
Vamos, pois, cantarolando, trá lá lá lá lá lá lá lá.

Todos juntos exultemos, trá lá lá lá lá lá lá lá
Velhos hinos recordemos, trá lá lá lá lá lá lá lá
Pois assim, joviais, contentes, trá lá lá lá lá lá lá lá
Traz Papai Noel presentes, trá lá lá lá lá lá lá lá.

Mais um ano vai-se embora, trá lá lá lá lá lá lá lá
Outro chega sem demora, trá lá lá lá lá lá lá lá
Tudo é festa, brincadeira, trá lá lá lá lá lá lá lá
Viva a gente prazenteira, trá lá lá lá lá lá lá lá."

Todos aprenderam a canção. Quando Bob e as crianças chegaram da padaria carregando o cheiroso pato assado, a esposa e os filhos interromperam a cantoria para ajudá-lo. Tiraram o pano que cobria o assado e se deliciaram só com o suave aroma que dele emanava. Fizeram tamanha algazarra que, se alguém passasse por perto e ouvisse, pensaria que a família recebera uma herança. Todos se acotovelavam em volta da mesa, empoleirados nos banquinhos. Um avisava que comeria a coxa, outro replicava dizendo que o peito era seu e um outro reservava mentalmente a sobrecoxa para si.

Caroline colocou o pato assado numa travessa maior e voltou para o fogão. Precisava tirar o pudim do tacho e virá-lo cuidadosamente num prato mais fundo para que a calda não entornasse. Enquanto isso, Belinda provava o açúcar da calda de maçãs, Martha improvisava uma pequena molheira, Peter amassava as batatas que fariam o purê. Quanto ao pai, ajudava as crianças menores a colocar duas cadeiras em cada cabeceira. Afinal, aquele era um dia de festa e elas mereciam essa pequena distinção.

Quando a família finalmente estava assentada à mesa, Bob Cratchit pediu que todos se dessem as mãos.

– Temos muito o que agradecer, certo? – A esposa e os filhos concordaram imediatamente.

Olhos fechados, Bob orou e rendeu graças pelo alimento que ali estava. Também agradeceu pelo seu emprego e o de Martha e pela saúde de todos. Assim que terminou, Caroline destrinchou o pato e em seguida despejou o molho sobre ele.

O jantar foi muito apreciado e devorado até os ossos. Na verdade os ossos foram chupados e nem um pedacinho de carne sobrou para contar a história. As crianças se lambuzaram tanto!

– Olhe! Eles sujaram até as sobrancelhas! – Bob apontou para as duas carinhas besuntadas.

Na hora da sobremesa, as homenagens couberam ao pudim.

– Nem sentimos falta das passas, mamãe! – Os

pequenos raspavam os pratos e pediam: – Podemos comer mais um pouco?

– Sinto um gostinho de rum... – Bob piscou para a esposa.

– Bem pouquinho... – Caroline sorriu. – Pedi ao Sr. Shelton, da mercearia, que me vendesse meio copo. Sabia que ia dar um gosto especial.

Tinha razão. O rum conferia ao pudim um aroma e sabor divinos.

Caroline partiu mais fatias de pudim, cobrindo-as com a calda.

– Foi o melhor pudim que já comi – Bob elogiou.

– Eu também! – Tim exclamou.

– Eu também! – Martha e Belinda confirmaram.

– Nós também! – Os menores juntaram-se ao coro e pediram mais outra fatia.

A mãe sorriu, satisfeita.

Depois da ceia, ao mesmo tempo que os irmãos menores tiravam a mesa, Martha e Belinda lavavam toda a louça. Caroline colocara algumas castanhas para cozinhar e, enquanto aguardavam, acomodaram-se em frente à lareira, que Tim alimentava com gravetos.

– Posso servir as bebidas? – Bob perguntou.

– Está mais do que na hora! – Caroline separara os dois únicos copos de vidro que tinham ganhado como presente de casamento. Os filhos teriam que se contentar com as canecas que usavam no café da manhã. Bob comandou:

– Um brinde! Um brinde ao dia de Natal. Que Deus nos abençoe e nos guarde, ilumine nosso caminho e nos acompanhe com Sua paz.

Todos repetiram as palavras do pai, que segurava a mãozinha de Tim com tanto cuidado como se, a um aperto mais forte, ela pudesse quebrar.

– Deus abençoe a todos! – Tim foi o último a falar.

Scrooge, que assistia a tudo e não perdia um só detalhe, perguntou, soluçando:

– Fantasma, diga-me a verdade... Esta pobre criança vai morrer?

O fantasma baixou a voz e respondeu com pesar:

– Vejo que num Natal futuro há uma cadeira vazia em frente à lareira e as muletas de Tim estão guardadas no armário...

– Diga que não é verdade! Não há esperança para ele? – Scrooge estava angustiado.

– Por enquanto só vejo choro e tristeza, a não ser...

– A não ser... – Scrooge viu um brilho diferente nos olhos do fantasma.

– A não ser que o futuro possa ser modificado, ele morrerá.

– Não!!! – Scrooge não se conformava.

– Por que está lamentando? Um a menos para passar fome no mundo...

Scrooge mal pôde acreditar nas palavras do fantasma. Ia recriminar o comentário mesquinho, até que se lembrou das próprias palavras: *"Se esses pobres morrerem, não me importa de que jeito, vão fazer um grande favor ao mundo, que já está povoado demais!"*

O fantasma, que parecia ter lido os pensamentos de Scrooge, observou:

– Você não acha que deve pensar antes de falar? As palavras têm um peso muito grande, elas podem tanto bendizer como amaldiçoar. "... Vão fazer um grande favor ao mundo, que já está povoado demais"... – Ele penetrara no íntimo de Scrooge. – Você tem noção da gravidade do que disse? Quem pode decidir sobre a vida ou a morte? Você? E se for você o inútil, o excedente? Quem precisa de alguém como você? O que faz? Ajuda alguém, por acaso? Tem uma palavra de conforto para as pessoas à sua volta ou é incapaz de tirar os olhos do próprio umbigo? É justo que os miseráveis morram e pessoas como você continuem vivas?

Scrooge sentiu-se tão mal com as palavras do fantasma que abaixou os olhos e ficou olhando para o chão, até que ouviu um novo brinde:

– Um brinde ao Sr. Scrooge, meu bondoso patrão – Bob propôs.

– Você tem coragem, Bob? – Caroline indignou-se. – Se ele estivesse aqui, ia só ver como eu brindaria a ele. Ia atirar toda a bebida do meu copo, com o maior prazer, bem na sua cabeça e lhe diria poucas e boas, com certeza!

– Não acredito no que está dizendo bem na noite de Natal... E justo na frente das crianças – Bob criticou.

– Desculpe, Bob, mas só mesmo você para brindar a um homem tão...

– Caroline! – Bob a interrompeu.

– Está bem – ela se rendeu. – Vou beber à saúde de seu patrão, Ebenezer Scrooge, e desejar que ele tenha um feliz Natal, um próspero Ano-Novo e que Deus lhe dê muita saúde... E, quem sabe, ensine um pouco de bondade àquele coração duro como pedra. Mas faço isso porque você me pede e não porque ele mereça.

Bob Cratchit ergueu seu copo, fazendo um sinal para que todos o imitassem. Seus filhos obedeceram e repetiram, sem muito ânimo: "saúde para o Sr. Scrooge".

– Tim! – Bob chamou a atenção do filho que, perdido em seus pensamentos, nem levantara o copo.

– O quê, pai? – O menino assustou-se.

– O brinde para o meu patrão!

Tim ergueu sua caneca de ponche e brindou sem o menor entusiasmo.

"Não sei por que meu pai tem tanta consideração por esse patrão avarento. Com o que ele ganha mal dá para colocar um pouco de comida na mesa", pensou o menino.

Um silêncio se fez após o brinde de Tim, quebrado somente quando o pai contou a todos que tinha conversado com um amigo sobre um possível emprego para Peter. Seus irmãos riram muito e brincaram com o irmão, dizendo:

– Vai mandar fazer roupa nova?

– Não vá dormir no trabalho, hein?

Peter nem ligou. Estava mais interessado no dinheiro que iria ganhar.

Enquanto Caroline ajeitava as castanhas num prato, Martha contou o que tinha acontecido em seu trabalho naquela semana.

– Imaginem um casal. Ele é um aristocrata deste tamanhinho – apontou para seu ombro, indicando que o homem era bem baixo – e ela é uma condessa deste tamanhão – apontou para cima e para os lados, indicando que a mulher era alta e gorda, provocando gargalhadas em todos. – Ela encomendou um vestido de noiva, cheio de laços, babados, drapeados e rendas. Diz que demorou tanto para casar que seu vestido tinha direito a todos os enfeites possíveis! Está tão feliz que nem tivemos coragem de dizer que ficou mais gorda ainda com aquela profusão de babados!

A humilde família Cratchit não tinha nada de especial. Vestia-se com bastante simplicidade, comprava roupas e sapatos nos brechós da cidade, comia apenas o suficiente para se manter em pé, mas era muito feliz e unida. Era nessas horas de conversa em frente à lareira que os pais e os filhos compartilhavam suas alegrias, suas tristezas e suas preocupações.

Scrooge só conseguiu tirar os olhos do garotinho quando o fantasma disse que tinham de partir para outro lugar. Pesaroso, dirigiu um último olhar ao menino, esperando que ele se curasse um dia.

"Gostaria de pedir um aumento, senhor... É que meu filho está doente e..." Scrooge interrompera essa solicitação de Bob alegando que a época estava difícil e que não daria aumento algum. Sentiu vergonha das palavras cruéis com que encerrara aquela conversa:

"Crianças ficam doentes à toa. Se você ficar se preocupando a toda hora, o serviço não anda. Vá trabalhar, que dá mais certo!"

Ebenezer Scrooge e o fantasma voltaram a perambular pela noite.

Capítulo VIII
Caricaturas e adivinhações

"Como é incrível transpor distâncias na escuridão da noite. O mar, a terra... Eles guardam tantos segredos...", Scrooge pensava, quando o som de uma risada familiar o trouxe de volta à realidade. Era a gargalhada inconfundível de seu sobrinho Fred.

Ebenezer Scrooge viu-se, ao lado do fantasma, numa sala iluminada. Fred não conseguia parar de rir, contagiando todas as pessoas presentes com sua alegria. Metido numa cartola, cachecol e sobretudo parecidos com o de Scrooge, ele contava:

– Vocês pensam que estou mentindo? Ah, ah, ah... Ele disse... Ah, ah, ah... Que o Natal é uma bobagem.

– Que absurdo, Fred. Será que ele não tem vergonha? – A esposa de Fred estava indignada.

Scrooge observou-a atentamente. Ela possuía os mais belos e luminosos olhos verdes que jamais tinha visto, além de cabelos negros brilhantes e sedosos. Em suas faces rosadas brincavam duas graciosas covinhas.

"Por que será que eu nunca quis conhecê-la?", pensou.

– A verdade é que meu tio não passa de uma caricatura! – Fred continuou. – Não existe ninguém mais desagradável do que ele. Vai acabar sendo castigado pelo peso das suas próprias palavras.

– Nem parece que ele tem tanto dinheiro quanto você diz. Ele é tão miserável! – A esposa duvidava da fortuna de Scrooge.

– E de que adianta todo aquele dinheiro se não ajuda

ninguém? É miserável e avarento até consigo mesmo – completou Fred. – Está sempre com o mesmo sobretudo e cachecol, tem só um par de luvas e nem a poeira da cartola ele remove. Vai ver está tentando economizar o pó! – Ele riu, tirando a cartola.

– Deus me livre de encontrar o seu tio, Fred. Eu não o suportaria! – a esposa de Fred exclamou.

– Nem nós – suas irmãs e as outras mulheres presentes fizeram coro.

Por mais que Fred arremedasse a esquisitice de Scrooge, não concordava com as críticas que as mulheres lhe faziam. Pendurou o sobretudo no cabideiro da sala, interrompendo as imitações do tio, e disse com seriedade:

– Tenho muita pena dele. É uma pessoa solitária e infeliz, fechada como uma ostra.

– Pelo visto é porque quer! – sua cunhada rebateu.

– Sabe quem é o único a sofrer com isso? Ele mesmo. Vejam só – continuou Fred –, pôs na cabeça que não viria jantar conosco e pronto. Quem perde com isso é ele. A ceia não está lá grande coisa, mas ele deixa de desfrutar da nossa companhia. Que graça ele vê em jantar sozinho, afinal? Com quem conversa? Para quem deseja feliz Natal? Com quem compartilha os seus anseios, a sua felicidade? Bem, ele não é nem feliz, portanto não tem o que compartilhar.

– Não acho que tenha razão, Fred. – Sua esposa e os outros discordaram. – Tanto a ceia como a sobremesa devem estar ótimas.

– Que bom! – Fred não depositava muita esperança na nova empregada, a quem haviam confiado todos os preparativos.

Depois da ceia, que aliás estava ótima, reuniram-se todos em volta da lareira para saborear a sobremesa. O fogo crepitava, fazendo pequenos estalos, enquanto um pudim com calda era colocado ao lado de dois bolos de fruta, nos quais uma calda de açúcar imitava a neve que caía lá fora.

A esposa de Fred voltou a falar de Scrooge. Ela achava que o marido não devia mais insistir em convidar o tio para a ceia de Natal. Ficava se humilhando à toa e não ganhava nada com isso, a não ser o tratamento áspero e a indiferença por parte de Scrooge.

– Não vou deixar de convidá-lo – Fred discordou da esposa. – Ainda acho que ele poderia ter momentos muito agradáveis conosco. Qualquer coisa seria melhor que aquele armazém sombrio e mofado! – exclamou. – E vou repetir esse convite todo ano sem perder o bom humor.

– O que você diz a ele quando passa no armazém? – a esposa quis saber.

– "Bom dia, tio Scrooge. Tudo bem com o senhor?" – ele repetiu a saudação anual.

– Só? – a cunhada o interrompeu.

– Não. Eu digo "Que Deus também o abençoe e lhe traga paz neste Natal" – Fred até se levantou para interpretar a cena. – Quem sabe um dia ele se comova com meus convites e venha nos visitar. Tive a impressão de que ontem, quando eu desejei um feliz Natal ao Bob...

– Quem é esse Bob? – perguntou sua esposa.

– É o funcionário do tio Scrooge. Senti que toquei o coração do meu tio quando desejei feliz Natal ao seu funcionário. Até imaginei que ele daria uma gratificação ao coitado do rapaz.

– Fred, você é mesmo um sonhador! – Todos começaram a rir da sua ingenuidade.

Fred não se incomodou com as risadas. Ele não iria mudar seu comportamento em relação ao tio.

Era chegada a hora dos licores e vinhos. A esposa de Fred e suas irmãs serviram os licores nos delicados copinhos cor-de-rosa e os vinhos em copos altos e transparentes.

Cada um dos presentes havia trazido um instrumento musical. A pedidos, a esposa de Fred apresentou-se com sua harpa. Ela tocava de forma tão divina que não houve quem não se emocionasse.

Scrooge sentiu um nó na garganta. Ela tocara a música preferida de sua falecida irmã. "Se eu tivesse ouvido essa música mais vezes, talvez fosse mais sensível não só aos convites de Fred, mas também aos chamados da vida", pensou.

Aos poucos, cada um tocou a sua música predileta de Natal. No final, a família inteira interpretou, com muito sentimento, a mesma canção.

Depois da última música, passaram aos jogos, ansiosamente esperados pelos mais jovens. Scrooge chegou a rir das gincanas. "Há quanto tempo não via um jogo de cabra-cega!"

Depois da cabra-cega passaram ao "jogo da adivinhação", e só então a esposa de Fred aderiu à brincadeira. Como era a mais inteligente das irmãs, venceu todas as rodadas. Em seguida brincaram de "onde, quando e como", um outro jogo de adivinhações no qual Scrooge dava palpites como se estivesse participando de verdade. O fantasma mal continha o riso. Sabendo que sua voz era inaudível aos mais de vinte participantes, Scrooge se esgoelou gritando respostas e torcendo.

Quando o jogo do "sim ou não" começou e o fantasma avisou que iriam partir, Scrooge implorou que ficassem.

– Por favor, só mais este jogo.

O fantasma, com pena de Scrooge, acabou consentindo.

– É a última rodada, certo?

Scrooge ficou todo feliz e preparou-se para o início do jogo como se a ele coubessem as perguntas.

Como Fred não conhecia o novo jogo, seu amigo Topper explicou-lhe as regras:

– Você tem que pensar em algo... Nós vamos fazer perguntas e você só pode responder com "sim" ou "não".

Fred refletiu um pouco e respondeu:

– Já pensei.

– É bicho de circo? – alguém arriscou.

– Não – afirmou Fred.

– Ele fala?

– Sim.

– Já que fala, só pode ser um papagaio! – exclamaram.

– Não – Fred riu da hipótese.

– Vive no zoológico? – especulou sua esposa.

– Não – respondeu Fred.

Tampouco era animal do qual se comia a carne ou animal de estimação, muito menos besta de carga. Após mais algumas perguntas, todos estavam achando que Fred tinha pensado num animal selvagem, que rugia muito. O estranho era que o animal falava e andava solto pelas ruas, sem nenhuma espécie de corrente ou coleira.

Fred ria de tudo, até que sua cunhadinha matou a charada. Ela deu um salto e, quase tropeçando na barra do vestido, exclamou:

– Só pode ser seu tio Scrooge!

– Acertou! – Fred morreu de rir.

– Não é justo – alguns participantes reclamaram. – Quando dissemos "urso", você negou. O urso é um animal tão feroz quanto o seu tio – gargalharam.

Como o tio de Fred garantira boas risadas, decidiram fazer um brinde a ele.

– À saúde do Sr. Ebenezer Scrooge! – alguém ergueu o copo, no que foi seguido por todos os demais.

– À saúde do meu tio! Seria bem melhor se ele estivesse conosco... Mesmo assim, que ele tenha um Natal mais alegre, isto é tudo o que eu desejo – finalizou Fred.

"O fantasma bem que poderia ter esperado pelo meu agradecimento", lamentou Scrooge, enquanto era levado a outro lugar. "Que pena nunca ter erguido um copo para brindar com meu sobrinho."

O fantasma o levou a hospitais, onde doentes recebiam a visita de seus familiares. Scrooge emocionou-se com um bebê na maternidade, com uma velhinha ao lado do marido, com um jovem acidentado amparado pela namorada, com um homem empurrando a cadeira de rodas da mulher. O fantasma apontava o facho de luz na direção de cada um, iluminando a todos com o espírito de Natal.

Visitaram também asilos, prisões e albergues. A aproximação do fantasma com seu facho luminoso devolvia a esperança aos rostos entristecidos. Scrooge notou que nenhum pobre, enfermo, detento ou idoso fechara o coração para o Natal. "Por que eu, que não sou nem pobre nem enfermo, nunca consegui abrir meu coração?", questionava-se.

Estava confuso, pois vira muitos Natais na mesma noite. Ficou observando o fantasma e notou algo estranho sob sua túnica.

– Posso fazer uma última pergunta? – pediu.

– Pode – consentiu o fantasma.

– O que você tem embaixo da túnica? Parece até um osso saltado... ou um pé. – Não conseguia desviar o olhar.

– Veja. – O fantasma levantou a túnica, mostrando duas crianças miseráveis e imundas. As esquálidas e famintas criaturas, cobertas somente por trapos, puseram-se humildemente aos pés do fantasma.

– Olhe para elas, Scrooge. – O fantasma apontou para seus rostos enrugados e descamados.

Scrooge sentiu tanto nojo das criaturas que recuou um passo, encolhendo-se. Queria poder mentir, dizer que elas eram bonitinhas, mas nenhuma palavra saía de sua boca. Estava petrificado.

– São seus... filhos? – gaguejou.

– São filhos do Homem, Scrooge. Eles ficam comigo porque precisam ser protegidos.

– De quem?

– Protegidos de seus pais. Esta se chama "Pobreza" e a outra, "Ignorância". Todo o cuidado é pouco, principalmente com a "Ignorância". Você não consegue ler o que ela tem escrito na testa, mas eu consigo, Scrooge, e posso lhe garantir que é uma palavra horrível.

– Que... que... palavra é?

– "Destruição". Essa maldição que ela traz gravada na fronte pode ser apagada. Tudo o que tem a fazer é negá-la, Scrooge. Não só você, mas todo ser humano!... Do contrário, um fim amargo os espera. – O fantasma apontou para a cidade.

Scrooge, não se conformando com a situação dos espectros, perguntou:

– Não há um local que os receba, um orfanato ou um abrigo?

O fantasma repetiu a declaração de Scrooge aos voluntários que lhe haviam pedido uma doação para os desfavorecidos:

–*"E onde foram parar os asilos e os orfanatos? Fecharam ou só servem para enfeite?"*

Capítulo IX

Chance perdida

– Chega! Não quero ver mais nada... – Scrooge tapou os olhos.

– Ainda não acabou – preveniu o fantasma. – Você verá mais uma cena.

E, dizendo isto, levou Scrooge para uma pequena mas confortável sala de estar no interior de uma casa. Anoitecia, a lareira estava acesa, as cortinas da janela tinham sido puxadas para o lado e amarradas num vistoso laço branco. Ao lado da janela havia uma mesinha com um grande bule de chá. Uma cesta repleta de rosquinhas estava sendo rapidamente devorada por várias crianças. Scrooge contara seis crianças, uma jovem e uma senhora.

"É Belle, minha ex-noiva!", reconheceu ao avistar a mocinha. Mas, observando mais atentamente, percebeu que a moça era tão parecida com a mãe, sentada na poltrona maior, que se confundira.

"A mãe da moça, sim, é Belle. E como continua bonita! Engordou um pouquinho, o que até lhe fez bem. O rosto está mais cheio, mais luminoso, mais corado, mais... feliz!" Entristeceu-se.

"Puxa, teve sete filhos!" Começou a prestar atenção nas crianças. Elas pulavam, rolavam pelo chão, davam cambalhotas, riam sem parar. Mãe e filha também sorriam, pouco se incomodando com as traquinagens dos menores. A mocinha distribuía as rosquinhas aos irmãos menores, enquanto a mãe, bordando uma linda toalha, olhava carinhosamente para a filha mais velha.

Alguém bateu à porta. Scrooge encolheu-se, como se temesse ser pisoteado por aquelas crianças todas. A mais velha abriu a porta e gritou:

– É o papai!

Foi uma gritaria sem fim. As crianças, com os rostinhos vermelhos e as roupas descompostas, não estavam muito preocupadas com as boas maneiras. Gritando "papai", passavam por cima dos brinquedos, pisoteando as rosquinhas, tropeçando nos tapetes, quase trombando nas mesinhas.

O pai entrara acompanhado de um entregador. Provavelmente voltavam de alguma loja, pois estavam carregados de pacotes. Eram os presentes de Natal.

As crianças subiam em cadeiras para melhor abraçar o pai, penduravam-se em seu pescoço e o faziam dobrar-se quase até o chão. O entregador também não escapou de abraços e beijos estalados. Ao sair, tinha várias rosquinhas na boca, sua gravata estava torta e carregava o sapato na mão. Foi embora sorrindo. "Que casa! E que crianças levadas!"

A mulher olhava a cena, embevecida. Seus filhos eram lindos, saudáveis, e seu marido, um homem maravilhoso.

O casal ajudou os filhos menores com seus pacotes. Uma surpresa, um sorriso, uma alegria. Encantados com seus singelos presentes, brincaram por um bom tempo, até caírem no sono e serem carregados para seus quartos. Os pais oraram, beijaram os filhos e só depois voltaram à sala de estar.

O homem tirou os sapatos e esticou os pés no banquinho enquanto a esposa retomou o bordado.

– Belle, você nem vai acreditar... Sabe quem eu vi na cidade hoje? – O marido atiçou a curiosidade da esposa.

– Quem?

– Um amigo seu, dos velhos tempos – ele completou, dando risada.

– Ebenezer... – Ela também riu.

– ... Scrooge – o marido continuou. – Eu passei em frente ao armazém e a porta estava aberta. Lá dentro vi o pobre coitado, sozinho, debruçado sobre um livro-caixa, fazendo contas, contas, contas. Ouvi dizer que seu sócio morreu. Scrooge não tem mais ninguém, ou tem? Ele deve se sentir muito solitário, não?

Ebenezer Scrooge tapou os ouvidos. Não queria ouvir a resposta de Belle, não precisava.

Implorou então ao fantasma que o tirasse daquele lugar. Tinha sido um martírio ver aquela família tão feliz, cheia de crianças. E pensar que se ele não tivesse sido tão insensível e duro estaria naquela sala, tendo Belle como esposa e todos aqueles filhos.

– Não me cause mais pavor do que já causou. Não quero mais olhar para o passado. Eu me odeio... Odeio o que fiz da minha vida. Não faça isso comigo novamente! – implorou ao fantasma.

Capítulo X

Homens e mulheres de negócios

Ao se abaixar para implorar ao fantasma que não lhe mostrasse mais as cenas do passado, Scrooge deixou cair os óculos. Tateou o chão à procura deles e, para seu alívio, encontrou-os.

Nem bem colocara os óculos e viu outra figura à sua frente. Envolto numa longa capa preta, um espectro assustador do qual só se conseguia ver a mão direita. O enorme capuz que lhe cobria a cabeça também ocultava seu rosto inteiro.

Perante a horrível visão, Scrooge ajoelhou-se, esperando que o espectro lhe dissesse alguma coisa. Nada. Ele estava envolto em mistério. Não se mexia nem emitia som algum. Apenas apontava para a frente.

– Está querendo me mostrar alguma coisa que vai acontecer? – Scrooge, tremendo de medo, achou que o fantasma queria apontar para acontecimentos futuros.

O sombrio fantasma fez um leve aceno com a cabeça, concordando.

Scrooge suava frio diante do fantasma: imóvel e silencioso, seu rosto se confundia com o capuz. E estremeceu ao ver que duas luzinhas faiscavam na escuridão do capuz do fantasma. "Só podem ser os olhos!", afligiu-se.

O fantasma continuou apontando para a frente, em direção a uma névoa mais impenetrável que sua capa. Scrooge, achando que aquele era um sinal para que o seguisse, exclamou:

– Pode conduzir-me... Estou pronto, senhor.

Lentamente, o fantasma afastou-se em meio à névoa. Assim que Scrooge o seguiu, o fantasma o envolveu com sua capa.

Scrooge viu-se de repente na Bolsa de Valores da cidade, lugar que conhecia muito bem. Em seus melhores trajes, um grupo de homens de negócio conversava animadamente, exibindo caros relógios e sentindo nos bolsos o peso das moedas de ouro. O fantasma parou no meio de um grupo e fez um sinal para que Scrooge se aproximasse. Assim que Scrooge se achegou a eles, pôde ouvir parte da conversa:

– Morreu do coração? – o primeiro deles perguntou.

– Ninguém sabe. O que será que ele fez com todo o dinheiro que guardou? – indagou o segundo.

– Para mim, não deixou um centavo! Imagine a tristeza de um enterro sem amigos! Alguém aqui gostaria de ir? Quem sabe tem almoço de graça para todos – um terceiro comentou, dando risada.

– E vocês acham que aquele velho miserável fazia alguma refeição que prestasse? – o primeiro continuou.

Scrooge ficou estarrecido. Era o mesmo diálogo que ouvira quando seu sócio Marley morrera!

Estavam agora numa outra rua e Scrooge passou a ouvir nova conversa:

– Tudo bem com você? – um homem cumprimentou o amigo.

– Vai-se indo... – ele respondeu. – É verdade que "O Miserável" passou desta para a pior? É, porque não poderia se dizer "para a melhor", tratando-se do "Miserável".

– Foi o que eu ouvi dizer... – o primeiro respondeu.

A partir daí os dois mudaram de assunto e Scrooge não descobriu a identidade do tal "Miserável". "Devem estar falando de Jacob Marley", concluiu.

Olhou para o fantasma, que continuava com a mão estendida, provocando com seus olhos penetrantes um terrível arrepio em Scrooge. O fantasma apontou para a frente e novamente partiram, desta vez em direção ao bairro mais pobre e violento da cidade, onde só bêbados, bandidos e farrapos humanos eram vistos pelas sarjetas.

Scrooge ouvira falar do lugar, mas nunca estivera lá. As ruas eram tão estreitas que às vezes só davam passagem para uma pessoa. As lojas eram muito sujas e a maioria encontrava-se abandonada. Tudo ali cheirava mal. O esgoto, a céu aberto, misturava-se a uma profusão de garrafas vazias, objetos quebrados e lixo de toda espécie.

O fantasma parou em frente a uma loja que negociava trapos, ferro-velho, garrafas vazias e até restos de gordura, provavelmente vindos das cozinhas dos cortiços. No chão amontoava-se todo tipo de ferragens, desde correntes enferrujadas até chaves. Seria muito difícil separar um objeto do outro, de tão enroscados.

O provável dono daquelas quinquilharias era um senhor de aproximadamente setenta anos. Com o ralo cabelo ensebado escorrendo-lhe pela nuca, tentava se aquecer do frio com três casacos sobrepostos, cada um de uma cor.

Assim que três pessoas entraram na loja, Scrooge e o fantasma colocaram-se atrás do velho. A primeira mulher, metida num gasto vestido vermelho coberto por um xale de gosto duvidoso, entrou carregando uma trouxa. A segunda, mais velha que a primeira, tinha cabelos brancos. Seu vestido cinza estava rasgado na barra, na qual se podiam ver alguns alinhavos. Ela também carregava uma trouxa, ainda maior que a da primeira mulher. O homem vestido de preto, logo atrás, também trazia um pacote, só que bem pequeno.

O velho apressou-se a atender a mais moça.

– Vamos, Sra. Dilber, o que trouxe de bom desta vez?

Com um certo ar de culpa, a mulher olhava de soslaio para o pacote que segurava.

– Não acha que está certa em cuidar dos seus interesses? – perguntou o velho.

– Acho. Ele sempre fez isso... – a mulher finalmente respondeu.

– Ninguém vai saber o que a senhora trouxe para vender – o velho a tranquilizou.

– Acho que o moço aí pode mostrar primeiro o que pegou... o que trouxe – a lavadeira emendou. – Não me incomodo em ser a segunda.

– Está certo. – O velho Joe pegou o pacote que o homem depositara no chão. – Vamos ver o que conseguiu. – Ele desamarrou o nó. – Hum... Abotoaduras... selos, um broche... – Mordeu o broche para testar o material e concluiu: – Pelo visto, é só banhado a ouro.

O velho Joe escreveu alguns números na caderneta em que registrava suas "transações" e pagou o homem:

– Isto é o que vale a sua mercadoria, nem um centavo a mais. Estendeu algumas moedas ao homem, que, fazendo uma careta, enfiou-as no bolso e saiu.

– Agora é minha vez... – A primeira mulher suspirou resignada ao abrir a trouxa malfeita.

O velho abriu e foi conferindo o estado das toalhas de mesa, lençóis, três pares de botas e duas colheres de prata. Depois de fazer as contas, o velho Joe entregou as moedas para a lavadeira:

– Aqui está seu pagamento. – E agora, finalmente, a sua vez. – Dirigiu-se à segunda senhora. – Vamos ver o que conseguiu para mim! – Ele esperava que naquela enorme trouxa houvesse algo de melhor qualidade. No entanto, assim que desfez o nó, levou um susto.

– Mais parece uma cortina, dessas que ficam penduradas na cama. – Constatou que o cortinado havia sido tirado com as argolas e tudo.

– Acertou. – A mulher deu uma risadinha.

– Esperou ao menos que o defunto esfriasse ou nem isso? – O velho Joe riu até não poder mais.

– Para quê? Ele não estava vendo nada mesmo. – A mulher respondeu com outra gargalhada.

– Hum... Camisas, cobertores... Você fez uma bela limpeza, não? Tem certeza de que não morreu de doença contagiosa? – Olhou desconfiado para a mercadoria reunida.

– Absoluta – ela garantiu. – E pode dar um bom preço para as camisas. O "Miserável" não as usava, com medo que estragassem. Ele seria enterrado com esta aqui, mas cheguei bem a tempo e o vesti com uma camisa bem velha. Material de fino acabamento, como pode ver.

– Aqui está o que lhe devo. – O velho Joe fez as contas e entregou o dinheiro à mulher.

– O "Miserável" só nos deu lucro depois de morto – ela concluiu, com mais uma risada.

Scrooge ficou horrorizado. "Essas pessoas são piores que os abutres à espera da morte da vítima, para se lançarem sobre seus corpos e arrancarem seus pertences. Como podem ser assim tão insensíveis? E como pode alguém ter uma morte tão horrível?"

Capítulo XI

Duas maneiras de morrer

– Nossa, o que é isto? – Scrooge assustou-se. O fantasma o levara para uma outra cena, sem prévio aviso. Encontrava-se agora num quarto escuro, próximo a uma cama sem cortinas. Um corpo jazia sobre a cama... Um corpo magro, com a cabeça coberta por um véu. Não havia ninguém velando o defunto e o silêncio em torno causou um profundo impacto em Scrooge.

O fantasma, apontando para a cabeça do morto, parecia pedir a Scrooge que erguesse o véu. Não querendo desobedecer ao fantasma, Scrooge se aproximou do cadáver... Observou o corpo coberto pela mortalha. Ficou imaginando o que aquele homem faria se pudesse viver novamente. Seria diferente? Pensaria no dinheiro, nos negócios? Se ninguém o velava é porque não tinha feito amigos em vida. Desesperado, pediu ao fantasma que o levasse embora dali, pois não queria ver o rosto do morto.

– Será que não existe nesta cidade uma única pessoa que possa estar comovida com a morte deste homem? Se existe, mostre-me!

O fantasma ergueu sua capa, apontou para a frente e arrebatou Scrooge, levando-o para uma sala iluminada, onde uma mulher e seus filhos esperavam ansiosamente por alguém.

Scrooge, assombrado, viu novamente a família de Bob Cratchit, seu funcionário. Caroline, muito nervosa, andava de um lado para o outro, torcendo a ponta do avental. Quando ouviu uma batida à porta, correu para abrir, sentindo um grande alívio ao ver o marido de volta.

– As notícias... são boas ou más?

– Péssimas. – Bob estava desanimado.

Caroline amparou-se na cadeira para não cair. Precisava criar forças para servir-lhe a sopa. Foi até o fogão e, enquanto o servia, perguntou:

– Acabou o nosso dinheiro, não é verdade? Estamos arruinados?

– A esperança é a última que morre. – Bob estava bastante pálido.

– E se *ele* se comover com a nossa situação?

– Mortos não têm piedade de ninguém.

– Bob, que notícia maravilhosa! – Caroline exclamou, aliviada. – Como soube?

– Lembra-se de ter lhe contado que ontem, ao bater à porta *dele*, uma mulher bêbada veio atender?

Sim, Caroline lembrava-se. Bob pensara que *ele* tinha mandado a mulher abrir a porta e que a usara como um pretexto para não lhes emprestar dinheiro. Bob resolvera voltar para falar-*lhe* frente a frente e, desta vez, a mulher dissera que *ele* morrera há pouco.

– Com quem vamos conseguir o empréstimo agora? – Caroline estava aflita.

– Não sei, Caroline. Pode ser que o sobrinho não seja tão miserável quanto *ele*. Amanhã é outro dia. – Sorriu para os filhos que se amontoavam ao pé da escada para ouvir a conversa dos pais.

Scrooge ficou prostrado ao notar que as crianças tinham ficado contentes com a morte daquela pessoa. Pediu ao fantasma que mostrasse em seguida uma cena em que a morte estivesse relacionada com a ternura.

– Alguém muito bom e amado que vai morrer. Preciso ver como age uma pessoa que perde alguém querido – ele explicou.

O fantasma retornou então à casa dos Cratchit.

"Por que voltei à casa dos Cratchit?" Scrooge não entendeu o motivo.

A família, com exceção de Bob, estava reunida em volta da lareira. As crianças, quietas num canto, Peter lendo um livro do outro lado. Diante da lareira, Caroline, Martha e Belinda cerziam algumas roupas.

Uma frase martelava na cabeça de Scrooge... "E Ele tomou um menino e o levou para o meio deles." Ele já ouvira aquela frase. Talvez Peter tivesse lido aquele trecho em voz alta.

Caroline largou sua costura e prendeu a mecha de cabelo que teimava em cair na testa. Com os olhos vermelhos, reclamou:

– É terrível costurar roupas pretas. A luz é muito fraca. – Enxugou uma lágrima. – Não gostaria que seu pai me visse assim... Vai pensar que passei o dia chorando.

Scrooge achou muito estranho. Seus olhos estavam cansados ou ela estava chorando mesmo? Peter colocou o livro de lado.

– Não acha que o papai está atrasado demais? Ele tem se atrasado todo dia.

– Antigamente ele vinha bem depressa, mesmo carregando... – Caroline interrompeu o que iria dizer, respirando fundo.

– Nosso irmão nos ombros – os irmãos repetiram com tristeza.

– Acontece que seu pai amava tanto o Tim que não sentia peso algum... Mas olhem, seu pai chegou!

Bob abriu a porta e entrou. Tinha o rosto pálido e os olhos vermelhos. Cumprimentou Caroline, abraçou os filhos e em seguida tirou o cachecol do pescoço. Caroline serviu um chá com biscoitos para o marido e afofou a almofada de sua cadeira preferida. Robert Cratchit sentou-se e fechou os olhos, suspirando.

– Voltei tarde porque fui até lá... – ele se desculpou.

– Oh, Bob! Quando vai estar tudo pronto? – Caroline agachou-se junto ao marido.

– Domingo. Me prometeram que domingo vai estar tudo em ordem. Fiquei conversando com Tim e garanti que voltaremos no domingo. Todos nós. – Ele sentiu um nó na garganta. – Vocês vão ver como o lugar é lindo... – Não resistindo à dor de ter perdido um filho, começou a chorar.

Caroline abraçou o marido, e seus filhos levantaram-se, fazendo o mesmo. Pouco a pouco o choro foi diminuindo e a serenidade voltou a reinar.

Robert contou a todos que encontrara Fred, o sobrinho do Sr. Scrooge. Fred quis saber o que lhe causara tamanho abatimento e ele então contou a perda pela qual tinham passado. Fred deu seu cartão a Bob, oferecendo-lhe seus préstimos. Bob ficara emocionado com a solicitude de Fred e com a sinceridade que ele demonstrou ao apresentar as suas condolências pela morte do menino.

– Sabe o que mais, acho até bem provável que o Sr. Fred arrume um emprego para o Peter, já pensaram? – Piscou para o filho.

– E se arrumar vou ter que morar com eles, pai?

– Sei que futuramente cada um de vocês seguirá seu próprio caminho... Mas de uma coisa tenho certeza: ninguém esquecerá nosso Tim!

– Nunca vamos nos esquecer dele, pai! – Todos se abraçaram.

Scrooge sentiu que o terceiro fantasma estava para partir e pediu-lhe:

– Acho que está de partida... Não me pergunte como eu sei... Apenas sinto. Por favor, conte-me tudo sobre aquele morto que vi...

O fantasma, mais uma vez, arrebatou-o com sua capa e o levou para o centro da cidade.

– Olha lá o meu armazém! – Scrooge pediu que ele parasse na frente. Queria muito ver o que o futuro lhe destinava, mas o fantasma teimava em apontar para outra direção. Não importava para que lado a mão do fantasma indicava. De onde estava podia ver perfeitamente o interior de seu escritório. "Aqueles não são os meus móveis e nem aquele que está sentado à escrivaninha se parece comigo", estranhou.

Como o fantasma apontava para outra direção, Scrooge o seguiu.

Uma alta grade de ferro surgiu à sua frente, abrindo-se vagarosamente. "Um cemitério. Decerto o fantasma me trouxe aqui para que eu veja o nome do homem escrito na lápide." Achou a ideia mórbida demais.

O local era escuro e úmido. Lápides pequenas, quebradas, túmulos enormes, estátuas de mármore chorando pelos mortos misturavam-se aos musgos e ervas daninhas que cresciam por toda parte.

O fantasma parou subitamente e apontou para uma lápide. Com um gesto, pediu a Scrooge que se aproximasse.

Ebenezer Scrooge, tremendo de medo, perguntou:

– O senhor tem me mostrado tanta coisa. Meu destino será alterado se eu mudar para melhor?

O fantasma, silencioso, acenou para que ele se aproximasse mais. Scrooge obedeceu, temendo a reação do fantasma. Ajeitou então seus óculos e leu o que estava escrito na lápide indicada pelo fantasma:

– AQUELE HOMEM NO QUARTO ERA EU! – Lívido, Scrooge tropeçou na própria lápide, caindo de joelhos, aos prantos. – Eu estava sozinho, ninguém me velava ou lamentava a minha morte. Era de mim que meu funcionário falava. Sua família estava contente com a minha morte. A mesma coisa na Bolsa de Valores. – Scrooge gritou. – E aqueles abutres no armazém... – Ele parecia sufocado, pois levara as mãos à garganta. – As coisas roubadas eram minhas – Seus olhos pareciam saltar das órbitas. – Por favor, fantasma... Não sou mais o mesmo... Eu mudei! Não posso voltar a ser o que era depois de tudo o que vi.

Eu era um cego! Perdão! – Agarrou a capa do fantasma. – Eu não quero morrer! Perdoe-me, eu suplico!

O fantasma, imóvel, apontava para a lápide.

– Por que me mostrou tanta coisa se não pretendia me dar outra chance em vida? – Scrooge não conseguia entender a atitude do fantasma e chorava feito criança. – PRECISO DE OUTRA CHANCE! TENHO DE PROVAR QUE MUDEI!

O fantasma baixou a mão levemente e Scrooge, sem largar sua capa um segundo sequer, prostrou-se aos pés dele, suplicando:

– Eu lhe imploro, tenha pena de mim! Sei que tem um bom coração... Eu prometo que vou mudar! Por favor, não me leve! Preciso provar que mudei... Nunca mais vou ser o mesmo!

O fantasma baixou a mão de vez, deixando de apontar para a lápide, e Scrooge interpretou esse gesto como sinal de que ainda restava uma chance.

– Vou celebrar o Natal de coração e manter a sua chama acesa o ano todo. Vou viver o passado, o presente e o futuro e nunca me esquecerei das lições que aprendi com vocês, eu juro! Nunca mais serei um avarento nem comigo nem com as pessoas... Vou ter sentimentos mais nobres, entende? É assim que quero ser! Quero proporcionar felicidade aos outros, quero... repartir! Vou amar e ser amado, senhor fantasma. Eu juro! As pessoas vão ficar alegres com a minha presença... Eu sei que sim! – Ele prometia. – Será que agora o senhor já pode apagar o que está escrito no túmulo? – Agarrou firmemente a mão do fantasma.

O fantasma empurrou-o com força e Scrooge, com as mãos postas em oração, viu que ele se confundia com a névoa da madrugada e que sua capa se enrijecia como um tronco.

Capítulo XII

Feliz Natal, Sr. Scrooge

"E é mesmo um tronco... um dos pés da cama!", Scrooge concluiu quando abriu os olhos. Ele estava sobre a sua cama, em seu quarto, na sua casa. "O melhor de tudo é que tenho o resto da vida para consertar os erros que cometi."

– ELE ME DEU UMA NOVA CHANCE! Vou passar o presente e o futuro consertando os erros do passado! Vou viver de uma só vez tudo o que não vivi até agora... O passado, o presente e o futuro! – E pulou da cama. Não ia ficar deitado o dia todo quando uma vida inteira esperava por ele.

– Marley, meu velho sócio, que pena que você não foi abençoado com um milagre de Natal como este... – Scrooge ajoelhou-se, agradecendo aos céus a nova oportunidade que lhe fora concedida. Estava tão feliz que começou a dançar pelo quarto.

– Estou feliz como uma criança! – Ele saltava, dava pulinhos e tentava trocar de roupa ao mesmo tempo. – Olha a parede por onde passei com o fantasma do Passado. E o lugar onde vi o fantasma do Presente. A porta por onde entrou meu sócio. Nada mudou, apenas eu. – Ele ria de felicidade.

Os sinos da igreja repicaram e Ebenezer Scrooge ainda ria e dançava. E foi dançando e rindo que fez a barba, que lavou o rosto, escovou os dentes e penteou o cabelo.

– Sinos! Como é alegre o repicar dos sinos! Como amo o Natal! Feliz Natal! Feliz Ano-Novo! – exclamou, descendo as escadas num pé só.

Todo animado, Scrooge abriu a janela da sala e começou a gritar feliz Natal às pessoas que passavam na rua. O dia amanhecera lindo. O sol brilhante no céu azul-turquesa prometia esquentar o ar gelado da manhã.

– Amigo, pode me dizer que dia é hoje? – Scrooge se esgoelou para um rapaz que ia passando.

– Como, o senhor não sabe? Hoje é Natal! – O rapaz achou que o velhote era meio doido.

– ENTÃO HOJE É NATAL! – Scrooge não cabia em si de contente. Numa só noite os fantasmas haviam mostrado cenas do passado, do presente e do futuro. Para eles, tudo era possível.

– Ei, volte aqui! – chamou o jovem novamente, mostrando-lhe o saquinho de moedas. – Quer ganhar uns trocados?

O moço chegou um pouco mais perto da janela com os olhos brilhando.

– O que tenho de fazer, senhor?

– Sabe onde fica o mercadinho?

– Sim, eu sei.

– Pois bem, há uns dois dias vi um peru enorme exposto bem na entrada. Note bem, eu disse ENORME! Tinha um outro peru ao lado, mas era pequeno.

– O grandão ainda está lá – disse o rapaz.

– Então vá até o mercadinho e peça que o empregado me traga aquele peru. Se você voltar rápido, eu dobro a sua gorjeta. – Mostrou duas moedas ao rapaz, que saiu correndo em direção ao mercado.

Scrooge dava piruetas e cantarolava enquanto separava o dinheiro da ave e o do rapaz. Ao abrir a porta da sala, olhou para a tranca de ferro e sorriu, dizendo:

– Feliz Natal, tranca de ferro. Feliz Ano-Novo também, para você e os seus familiares, a fechadura, a chave, as dobradiças... – Ele acariciava cada uma das peças.

Se alguém visse aquela cena pensaria que o velhote enlouquecera.

O entregador do mercado chegou em seguida, carregando o peru com muita dificuldade. Pudera! A ave era quase do seu tamanho. Scrooge deu o triplo do dinheiro que tinha prometido ao rapaz, e ele partiu feliz da vida. Ao mocinho do mercado, recomendou:

– Quero que leve o peru a esta casa. – Rabiscou o endereço da família Cratchit num pedaço de papel. – Vai ser muito engraçado! Bob e Caroline não vão saber quem enviou o presente e vão ficar com a cara assim... – Arregalou os olhos e franziu a testa, demonstrando surpresa.

– Aposto que vão gostar, senhor. – O magro rapazinho mal podia com o peso do peru. Scrooge lhe deu mais dinheiro e aconselhou:

– Chame uma carruagem. O peru está muito pesado. E feliz Natal, meu rapaz. Que as bênçãos do Natal iluminem seu coração o ano todo! – Deu um tapa tão estalado nas costas do rapazote que ele quase caiu para a frente com o peru e tudo.

Scrooge entrou em casa e subiu as escadas pulando num pé só até seu quarto. Tirou o robe, pendurou-o no cabideiro e abriu o armário procurando pela melhor roupa: a camisa de colarinho duro e engomado, calça, casaca, meias sem furos, as botas que nunca tirara da caixa. Deu um laço na gravata enquanto assobiava animadamente. "É tão bom ser feliz! Que sensação maravilhosa, meu Deus! Nossa, que sobretudo horroroso! Como pude usar uma coisa tão velha? Amanhã ou depois vou comprar um novo!"

Scrooge procurou por uma outra cartola. "Ah, está aqui no fundo do armário!" Trocou a cartola velha por uma nova e tirou da gaveta um par de luvas que nunca pensara em usar. "Tudo para não gastá-las... Que bobagem!" Desceu as escadas assobiando e pulando com os dois pés. Lá embaixo despediu-se da porta, dizendo: "Feliz Natal, porta!" e saiu para a rua.

Nunca, em toda a sua vida, andara de forma descontraída, olhando e cumprimentando as pessoas. Não importava se eram pessoas que nunca vira ou conhecidos que sempre ignorara. Para todas elas, dava o seu melhor e mais largo sorriso.

– Feliz Natal, senhor! Como vai, senhora? Feliz Natal para todos os seus! Lindo dia, não? Por sinal, um feliz Natal! – Scrooge fazia seus votos a todos, com rima ou sem rima, andando feliz e contente pelas ruas.

Algumas pessoas que o conheciam de vista e evitavam até passar pela mesma calçada que ele acharam que tinha enlouquecido... Ou então, finalmente, o espírito de Natal tocara o seu coração.

Ebenezer Scrooge cantarolava uma música natalina quando avistou um dos voluntários que o visitara no dia anterior pedindo contribuições para os desfavorecidos. O homem também o avistou. Scrooge achou que ele nem iria lhe dirigir a palavra.

"Claro", Scrooge lhe deu razão. "Eu o tratei mal e

me recusei a ajudar. Mas agora vou reparar o meu erro." Continuou andando até postar-se em frente ao homem.

– Como vai o senhor? – Scrooge estendeu-lhe a mão. – Desde já, desejo que tenha um feliz Natal. Ao senhor e ao seu amigo tão simpático. Tiveram muitas doações? Espero que sim!

O homem ficou perplexo com a atitude de Scrooge. "Não pode ser a mesma pessoa."

– Estou mesmo falando com o Sr. Scrooge ou... com seu irmão gêmeo? – Tentou confirmar a identidade do interlocutor.

– Ebenezer Scrooge, às suas ordens – respondeu o ex-avarento, fazendo uma pequena reverência. – Gostaria que me desculpasse por ontem. Fui mal-educado, grosseiro, miserável, avarento. Mas hoje eu sou um novo homem e quero ajudar aos menos favorecidos neste lindo dia de Natal, com a quantia de... – Scrooge sussurrou no ouvido do homem o valor que pretendia doar.

O homem ficou pálido e depois começou a rir, alternando agradecimentos e risadas. Scrooge combinou que faria a doação na manhã seguinte, depois do almoço, em seu escritório. Teria muito prazer em ouvir, durante o almoço – que seria por sua conta, claro –, tudo sobre aquele grupo de voluntários.

Ebenezer Scrooge despediu-se do novo amigo e seguiu caminho. Foi à igreja, ouviu hinos, cantou e chegou a bater palmas, o que causou estranheza aos fiéis mais compenetrados. Na rua, brincou de amarelinha e esconde-esconde com as crianças, pediu licença às mães para que o deixassem levantar as tampas das panelas, pois só assim sentiria o aroma dos pratos, colocou moedas nos chapéus dos mendigos e comprou um maço de flores de uma cega.

Lembrou então que ainda dava tempo de visitar o sobrinho. Tomou uma carruagem e deu o endereço ao cocheiro, que o levou rapidamente ao seu destino. Scrooge agradeceu pelo bom serviço dando uma generosa gorjeta ao cocheiro. O cocheiro levou o maior susto. Nunca levara Ebenezer Scrooge a lugar algum, mas conhecia sua fama. "Não sei por que as pessoas falam mal desse homem tão simpático!"

Enquanto Scrooge ajeitava o sobretudo, observou a casa do sobrinho. O bairro era simples e o pequeno sobrado, bem pintado, sobressaía-se aos demais. Antes de tocar a campainha, armou um grande sorriso. À criada que abriu a porta, foi logo dizendo:

– Feliz Natal, linda jovem. Posso falar com meu sobrinho Fred? – E já foi entrando.

A moça, meio assustada com a ousadia do velhote, tentou barrar-lhe a entrada, ao que Scrooge explicou:

– Sou o tio Scrooge, jovem. Vou entrar para desejar um feliz Natal a todos. Pode me dizer onde estão?

– Eles... Eles estão na sala de jantar, senhor... – A moça, diante de tão largo sorriso, cedeu.

Ebenezer Scrooge foi até a sala de jantar. Quando abriu a porta, o fez com grande estardalhaço.

– Feliz Natal a todos vocês! – desejou.

A esposa de Fred foi a primeira a olhar para a visita inesperada.

– Sou eu, seu tio Ebenezer Scrooge, em carne e muito osso. – Riu da própria brincadeira.

Fred mal pôde acreditar no que via. "O velho sobretudo cinza, o nariz pontiagudo, as enormes costeletas, os lábios finos num rosto talhado em... Não, o rosto não é talhado em pedra porque um enorme sorriso, coisa que nunca pude ver no meu tio, lhe enfeita a face." Fred

correu para abraçá-lo, assim como todos os outros que estavam na sala.

Scrooge não imaginou que fosse ter uma noite tão maravilhosa. "Quanta mudança depois da noite passada...!", pensou. Ceou com a família, tomou licor, empanturrou-se de chá com bolachas, comeu bolo de frutas, brincou de cabra-cega, do jogo do "sim e não", cantou junto à lareira seu cântico predileto de Natal.

Ao se despedir de todos, Scrooge prometeu que nunca mais passaria um Natal longe deles.

– Perdi muito tempo, mas garanto que farei de tudo para recuperá-lo. Obrigado pela ceia. Estava maravilhosa! – Não parava de agradecer à esposa de Fred.

"Que família encantadora eu tenho!", suspirou feliz, quando finalmente deitou-se em sua cama. Dormiu o sono dos anjos, e na manhã seguinte tomou seu café cantarolando. Nem tosse tinha mais, a gripe tinha sumido da noite para o dia. "Uma gripe fantasma a que eu tive!" Riu da própria piada.

Vestiu a roupa e admirou-se no espelho. Há muitos anos não se gostava! "Preciso mesmo comprar outro sobretudo... Um bem bonito. Vou usar roupas mais bonitas, mais alegres. Vou dar as roupas velhas aos pobres. Não, de jeito nenhum. Se eu fosse pobre, não iria me sentir bem vestindo roupas velhas, puídas como as minhas. Vou comprar roupas novas para os pobres, isto sim!", pensou enquanto se dirigia ao escritório.

No caminho, perdeu a conta de quantas pessoas cumprimentou. "Como é bom dizer 'Um bom dia, minha senhora', 'Linda manhã, não acha, meu jovem?'"

Abriu a porta do escritório, pendurou a cartola e guardou as luvas. "Oito e quarenta e cinco... Bob está atrasado. Que bom!" Scrooge teve uma ideia.

Abriu as janelas do armazém e deixou que o ar fresco da manhã enchesse os seus pulmões. Aquele mausoléu precisava mesmo de muito ar. Mais tarde iria providenciar uns vasos com flores para enfeitar a janela. Também mandaria pintar o escritório de branco. Branco não, amarelo, que era uma cor mais viva. Tudo o que queria era saudar a vida.

Scrooge deteve-se organizando alguns detalhes para as mudanças que pretendia. Depois consultou o relógio novamente: nove horas, quinze minutos e trinta e oito segundos. E meio!

Logo que avistou Bob pela janela, correu até a porta para surpreendê-lo. E conseguiu, porque, quando Bob estava pendurando o cachecol e o chapéu, deu bem de cara com o patrão.

– Muito bonito! Isso lá são horas de chegar ao trabalho? – Scrooge gritou.

– Des... Desculpe... Sr. Scrooge – Bob estava envergonhado. – Mas é a primeira vez que me atraso.

Scrooge virou-lhe as costas e caminhou até a escrivaninha. Enquanto isso, berrava a plenos pulmões:

– Não vou mais tolerar atrasos de nenhuma espécie, está me entendendo? Por isso eu vou... – Ele voltou-se armado de uma bengala, que apontou para o nariz do pobre homem. – ... Eu vou...

"Meu patrão vai me demitir!", Bob pensou, de olhos fechados.

– Eu vou aumentar o seu salário, está me ouvindo? – Scrooge, todo sorridente, passou a abraçá-lo. – Feliz Natal, Bob, a você e aos seus. De agora em diante você vai ter Natais mais felizes, eu prometo.

Bob não conseguia acreditar no que ouvia. Fechou e abriu os olhos várias vezes e, enquanto o Sr. Scrooge falava, beliscou-se. Precisava ter certeza de que estava acordado. Tinha muito medo de que fosse um sonho e que, ao acordar, o patrão estivesse como antes, berrando e reclamando e contando moedas, com a sovinice de sempre.

– Acorde, homem de Deus! Sou eu, seu patrão! Não está acreditando na minha mudança? Na verdade, você não é o único, todos estão custando a crer. – Comoveu-se com a aparência fragilizada de Bob. – Vamos tomar um café da manhã reforçado, que tal? Aí, enquanto comemos, falamos de negócios.

Ebenezer Scrooge cumpriu o que prometeu aos fantasmas e foi mais além. Não só aumentou o salário de Bob, mas tornou-se uma espécie de padrinho para Tim, arcando com todos os custos de seu tratamento. Transformou-se no melhor patrão que alguém poderia ter, e no melhor amigo também. Passou a ser um homem especial, em todos os sentidos. Ouvia, dava conselhos, brincava, alegrando qualquer ambiente em que estivesse. Tinha um coração boníssimo, uma alma abençoada.

Quando caminhava pelas ruas, assobiando, cantarolando, cumprimentando as pessoas, muitas riam às suas costas dizendo que Scrooge tinha ficado maluco.

"Não é possível que aquele avarento do Scrooge tenha passado por tamanha transformação."

"Ele vai aprontar alguma!"

"Deviam colocá-lo num hospício!"

Scrooge nem ligava para os comentários. Sabia que a bondade nem sempre era bem compreendida pelas pessoas. Não iria se dar ao trabalho de convencê-las. Elas que rissem – e rir era tão bom! Só agora sabia disso. Pensou, ao conhecer o último fantasma, que tinha chegado ao fim. Enganara-se. Estava finalmente começando a viver!

Os fantasmas? Nunca mais viu ou falou com eles.

Roteiro de Trabalho

O Natal do avarento

Charles Dickens • Adaptação de Telma Guimarães Andrade

Durante toda a sua vida adulta, o avarento Sr. Scrooge detestou o Natal e o comportamento das pessoas nessa época do ano. Agora é novamente véspera de Natal e ele se prepara para "comemorar" a data à sua maneira: mal-humorado e sozinho. Mas fatos estranhos lhe mostram que talvez esteja na hora de ele dar uma oportunidade ao espírito de Natal – antes que seja tarde demais...

RELEMBRANDO OS PERSONAGENS

2. Compare os comportamentos de Scrooge e do Sr. Fezziwig como patrões. O que você nota?

3. Se não mudasse o seu modo de ser, Scrooge acabaria tendo o mesmo destino que um outro personagem. Qual é esse personagem? Reproduza o trecho do livro que possa comprovar sua resposta.

REVENDO OS ACONTECIMENTOS

1. Em suas "viagens" fantásticas, a cada etapa Scrooge se arrepende de algum de seus atos. Os episódios dessas "viagens" estão listados abaixo. Indique os arrependimentos de Scrooge correspondentes aos episódios.

a) Reencontro com Fran, sua irmã (capítulo IV)

d) Natal da família Cratchit (capítulo VII)

g) Natal na casa de Belle (capítulo IX)

2. Viajando pelo passado e pelo presente, Scrooge experimenta grandes arrependimentos, mas o momento temporal decisivo para sua regeneração é o futuro. Qual é o fato da existência futura que mais o horroriza? Qual é o personagem com quem ele se compara?

d) Quarta parte

REFLETINDO SOBRE AS DECISÕES DO AUTOR

1. Numa leitura superficial, Scrooge se apresenta como o vilão da história. Porém, se analisarmos mais detidamente a construção da história, poderíamos afirmar que Scrooge é a grande vítima do autor. Por quê?

3. Na história, há um trecho em que o autor assume um tom profético, advertindo o leitor (a humanidade) para as consequências nefastas da falta de solidariedade ao próximo. Localize e interprete essa passagem.

2. Além de criticar a postura antinatalina do protagonista, o autor investe também contra o tratamento dado aos empregados pelos patrões. Indique um trecho do livro em que se menciona a exploração exagerada dos empregados.

4. Podemos afirmar que o desfecho da história resume claramente o posicionamento político-social adotado pelo autor? Justifique sua resposta.

e) Natal na casa do sobrinho Fred (capítulo VIII)

f) A “Pobreza” e a “Ignorância” (capítulo VIII)

3. Agora que você respondeu às perguntas anteriores, já tem condições de dividir a história nas quatro partes que a compõem. Indique os capítulos que compõem cada parte e aponte sua função na narrativa.

a) Primeira parte

b) Segunda parte

c) Terceira parte

4. Ao se regenerar, no final da história, Scrooge passa a adotar comportamento semelhante ao de um personagem com quem contracenou no passado. Identifique esse personagem e transcreva um trecho do livro para fundamentar sua resposta.

Encarte elaborado por **Luiz Roberto Dias de Melo.**

b) Festa no armazém (capítulo V)

c) Reencontro com Belle, a noiva (capítulo VI)

1. Associe as frases aos personagens.

a) "– Imagine que o papai chegou em casa cantando, assobiando e me pegou pela cintura. Quando eu tive certeza de que ele estava bem bonzinho mesmo, criei coragem e pedi que ele deixasse você voltar para casa."

b) "– Preciso de muito espaço livre, rapazes! Vamos arrastar os móveis, por favor."

c) "– Para que não se arrependa mais tarde, devolvo sua liberdade. Talvez um dia você tenha saudade dos nossos momentos, mas daqui a pouco vai achar que foi melhor assim... Que tudo não passou de um sonho sem boas perspectivas materiais e que acordar foi a melhor coisa que lhe aconteceu."

d) "– Fui acorrentado ao meu próprio trabalho, está vendo? Não aproveitei a vida, não ajudei ninguém. Só pensava em trabalhar, fazer contas e guardar dinheiro."

e) "– Que Deus o abençoe neste Natal, senhor, e que nada lhe cause pavor..."

( ) Menino na porta do armazém de Scrooge

( ) Irmã de Scrooge

( ) Marley

( ) Noiva de Scrooge

( ) Sr. Fezziwig

Nesta cidade, não há quem não conheça Ebenezer Scrooge. Todos falam dele com carinho.

"Como ele ama o Natal!"

"E como mantém vivo espírito natalino durante o ano todo!"

"O Natal fica sem graça quando Scrooge não está por perto!"

"Onde ele está? Por que ainda não chegou?" As crianças do orfanato mal podem esperar pela alegre presença de Ebenezer Scrooge, carregado de pacotes.

Tomara que, para modificar seus atos, ninguém tenha que passar pela mesma experiência de Scrooge. Que isto possa servir de exemplo para mim, para você e os seus familiares e que, como o pai de Tim repetiu na noite de Natal, "Deus nos abençoe e nos guarde, ilumine nosso caminho e nos acompanhe com Sua paz".

QUEM É TELMA GUIMARÃES CASTRO ANDRADE?

Telma mora em Campinas há quase vinte anos, mas nasceu em Marília, cidade da região Centro-Oeste do estado de São Paulo. Ela costuma dizer assim de sua terra natal: "Tenho muita saudade de lá. Todo mundo se conhece, rola aquele papo gostoso na casa dos amigos, dos irmãos (tenho dois), o cafezinho coado na hora, o bolo quente feito pela minha mãe, o escritório do meu pai cheio de livros e de chocolates para os netos. Foi nesse ambiente cheio de carinho, amor, muito papo, muitos parentes e muitos livros que eu cresci (e continuo crescendo)".

Professora de inglês há um bom tempo, já morando em Campinas, Telma fazia o que muitos pais curtem: ler histórias para os filhos à noite. Da leitura passou à invenção de histórias. Quando menos esperava, já estava publicando o primeiro livro!

E não parou mais. Telma é autora de mais de sessenta obras dedicadas ao público infantil e juvenil, sem contar os livros paradidáticos em inglês e de religião. Pela Scipione, publicou *Tião carga pesada*; *Tem gente*; *O canário, o gato e o cuco*; *Não acredito em branco*; *Agenda poética*; *Para viver um grande amor*; *O estranho mundo dos higeus*; *Robin Hood* e *Sonho de uma noite de verão* (estes dois últimos são adaptações pela série Reencontro infantil).